Harald Gesterkamp

Rückkehr nach Schapdetten

Stories

Bibliografische Information der Deutschen Nationalbibliothek:

Die Deutsche Nationalbibliothek verzeichnet diese Publikation in der Deutschen Nationalbibliografie; detaillierte bibliografische Daten sind im Internet über http://dnb.d-nb.de abrufbar.

1. Auflage September 2019

Lektorat: Katrin Scholler

Umschlaggestaltung: Irmgard Hofmann

www.kava-design.de

© Kid Verlag

Kid Verlag | Samansstr. 4 | 53227 Bonn

www.Kid-Verlag.de

ISBN 978-3-947759-31-6

für Andrew Hood

INHALT

Rückkehr nach Schapdetten

Die Wege, der Geruch, eine Mischung aus Heu und Gülle, und diese fürchterliche Enge. Auch wenn einiges anders aussieht als früher – schließlich liegen seine Kindheit und seine Jugend schon eine gefühlte Ewigkeit zurück – ist es fast so, als wäre er gar nicht weg gewesen. Dabei hat Matthias seinem westfälischen Heimatdorf schon einige Jahre keinen Besuch mehr abgestattet. Die alten Bäume sind noch größer geworden, auch dadurch verändert sich der optische Eindruck, aber trotzdem kommen ihm bedrückende Erinnerungen hoch.

Matthias hat sein Auto am Ortsrand abgestellt und begibt sich zu Fuß auf Entdeckungstour. Der Tante-Emma-Laden ist weg, bedauerlich, aber nicht verwunderlich, denn vor jeden zweiten Ort hier in der Gegend ist ein Riesensupermarkt mit Riesenparkplatz hingesetzt worden. Aber die Baumberger Landbäckerei in der Roxeler Straße gibt es noch, immerhin.

„Tach", sagt die Verkäuferin, die den eintretenden Matthias nicht kennt, aber früher wurde er hier genauso begrüßt. Der Westfale redet halt nicht viel. Die Westfälin auch nicht.

„Zwei Rosinenbrötchen", bestellt Matthias. Die Verkäuferin packt sie in die Tüte und schiebt sie ihm rüber. „Macht Eins-zwanzig." Er legt das Geld auf die Theke.

„Jau", sagt sie.

„Tschüss", sagt er.

„Dann man tau", erwidert sie.

Das ist dann wohl so etwas wie die endgültige Aufforderung, zu gehen. Matthias schließt die Tür hinter sich.

Kauend setzt er seinen Weg fort. In Richtung der Pfarrkirche St. Bonifatius mit ihrem Treppentürmchen laufend, passiert er die Dorfkneipe, sie hat geöffnet. Die Gaststätte lebte früher vor allem von den Beerdigungen im Dorf und dem sonntäglichen Frühschoppen, und so wie es aussieht, tut sie das heute noch.

Auch sein Vater hat dort nach dem Kirchgang regelmäßig ein paar Pils und Korn getrunken, während seine Mutter das Mittagessen zubereitete, zu dem Vater dann pünktlich um Eins nach Hause wankte.

Auch einige der alten Handwerksbetriebe erkennt Matthias wieder, die Firmennamen sind ihm noch geläufig: Autowerkstatt Domke und die Polsterei Offer. Ziellos läuft er hin und her. Auf der Straße ist niemand zu sehen. Fußgänger gibt es hier nicht mehr, denn heutzutage fahren die Dorfbewohner allem Anschein nach jede Strecke mit dem Auto.

Schließlich erreicht er am Rande des Dorfes das Vereinsheim der Fortuna und wenige Meter weiter den alten Hof, auf dem er groß geworden ist. Das Haus hat sich verändert, es sieht aufwändig saniert und plötzlich nach Geld aus. Wo früher der Klinker zu bröckeln begann und nach dem Tod seiner Eltern der Verfall einsetzte, verbreitet jetzt ein riesiger Torbogen zum Garten neue Offenheit. Geschwungene Fenster, neu eingebaut in das alte Gemäuer, sollen so etwas wie Jugendstil suggerieren. Die Fassade ist hell gestrichen, der Weg zum Eingang neu gepflastert, alles wirkt sehr gepflegt. Daneben die Scheune, die Matthias kaum wiedererkennt. Die Buche dahinter ist riesig geworden. Aber wo sind die Kühe, die er als Junge auf die Weide getrieben hat? Es sieht viel zu sauber aus, früher war hier immer irgendwo eine schlammige Pfütze, und man brauchte Gummistiefel. Heute kann man mit bequemen Slippern hier entlanggehen, ohne Gefahr zu laufen, sich auch nur ein bisschen schmutzig zu machen.

Immerhin steht der alte Brunnen noch, der schon in seiner Kindheit nicht mehr zum Wasser schöpfen genutzt wurde. Aber zum Spielen war er gut gewesen. Was er dort alles hineingeworfen hat: Steine, Kaugummis, Bälle, auch mal einen Frosch, und irgendwann, als er richtig sauer war, das Lieblingsspielzeugauto seines Bruders. Heute thront der Brunnen wie ein Denkmal vor dem Anwesen, er ist ein Design-Element, in das bestimmt niemand etwas hineinwirft.

Die Hundehütte an der Tenne ist weg. Die neuen Besitzer des Hauses haben keine Hunde, so wie es aussieht, und auch sonst wohl keine Tiere. Vor dem luxuriös renovierten Wohnhaus stehen ein Porsche und ein Mercedes, an der Scheune hängt ein Schild und verweist auf eine Werbeagentur. Der Strukturwandel findet auch hier statt, im Münsterland, im Dreieck zwischen Bösensell, Havixbeck und Appelhülsen. Schapdetten heißt das Dorf, in dem er aufgewachsen ist und das er so unendlich lange nicht mehr betreten hat.

Seine Kindheit war im Großen und Ganzen schön. Er spielte fast immer draußen, tobte im Dreck oder im Stall, fuhr Fahrrad und kickte auf den Wiesen – die Tore hatte er mit Freunden selbst zusammengezimmert. Er hat auch viel Mist gebaut in all den Jahren, wurde aber nie so richtig bestraft, auch wenn einiges von dem, was er aus Langeweile anstellte, schon ziemlich heftig war. Denn natürlich war es auch manchmal trostlos in Schapdetten, vor allem, als er älter wurde. Als Jugendlicher stand er häufig am Fenster seines Zimmers und dachte: Wann komme ich endlich hier weg? Da war er gerade mal 15.

Er hat es dann ja auch geschafft. Nach dem Abitur sofort nach Berlin, eine Nummer kleiner ging es nicht. Er atmete die Großstadt und ihre Freiheiten ein – und wie! Das genoss er jeden Tag. Das Studium war anfangs nicht so wichtig, er ging in Clubs und feierte. Zwei Jahre nach seiner Ankunft fiel die Mauer, in der Folgezeit staunte er, in welch rasantem Tempo sich die Stadt veränderte. Während die alteingesessenen Berliner einfach wie immer in ihrem Kiez blieben, ging er täglich auf Entdeckungsreise, machte sich vertraut mit den neu zu entdeckenden Stadtteilen im Osten, sah er jeden Tag ein Stück mehr von der Mauer verschwinden und mit den Jahren immer mehr Neubauten auf dem ehemaligen Todesstreifen entstehen. Es wurde nie langweilig.

An Schapdetten dachte er fast nie zurück, die Eltern besuchte er nur selten. Plötzlich starben sie, erst die Mutter bei einem Verkehrsunfall, dann der Vater, der auf ein Leben allein nicht vorbereitet war und in seiner Einsamkeit verkümmerte. Das Dorf hätte ihn auffangen können, fing ihn aber nicht auf. Als er nicht mehr zum Männergesangsverein ging, nahmen die anderen das tatenlos hin. Auch sein Engagement für die Feuerwehr ließ nach, ohne dass jemand nachfragte. Er suchte Trost im Alkohol, in sehr viel Alkohol, lange ging das nicht gut, und plötzlich blieb sein Herz stehen.

Den Hof haben sein Bruder und er nach dem Tod der Eltern verkauft, wobei diese Yuppies, die als einzige ernsthaft interessiert waren, ganz begeistert von dem Anwesen waren und einen wirklich guten Preis dafür bezahlten, vor allem wenn man bedenkt, dass Haus und Scheune wahrlich nicht in allerbestem Zustand waren. Sie haben nicht lange gezögert, und so haben sein Bruder und er das letzte Stück greifbare Kindheit ohne jeden sentimentalen Zweifel aus der Hand gegeben.

Matthias schraubte vielmehr an seinem eigenen Leben weiter, beendete sein Studium und machte Karriere als Manager für die Organisation des Öffentlichen Nahverkehrs. Jetzt nutzt er einen beruflichen Termin in Münster, um mal wieder sein Dorf zu besuchen. Schapdetten. Was er genau hier will, ist ihm selbst nicht ganz klar, es hat etwas Melancholisches, auch wenn ihm melancholische Gefühle im Prinzip fremd sind. Vorhin kamen sie dennoch hoch, als er die Haltestelle sah, an der täglich sein Schulbus abfuhr, das halbe Jahr in der Dunkelheit, so früh musste er los, das war der Preis dafür, dass er Abitur machen durfte. Erinnerungen an die langen Fahrten bis zum Gymnasium in Münster wurden wach: Das zeitige Aufstehen hat er als Jugendlicher gehasst, und wenn er Bildungsminister wäre, würde er in einer ersten Amtshandlung den Schulbeginn auf neun Uhr verlegen.

Matthias schlendert langsam an seinem früheren Elternhaus vorbei, ohne auf die Idee zu kommen, dort zu klingeln, denn er hat keine Lust, die neuen Besitzer zu sehen, die – wenn auch nicht aus bösartigen Motiven – mit dem Umbau seine Kindheitserinnerungen zerstört haben, die er in seinem Kopf bewahren möchte. Trotz allem.

Hinterm Haus ist es noch wie früher. Schon damals hörte die geteerte Straße bald auf, der Weg in den Wald ist immer noch geschottert, rechts gibt es den Abzweig zu Bauer Heitkötter. Ob der Alte wohl noch lebt?

Matthias verzichtet trotz einer Rückblende in seine Kindheit mit Baumhäusern und ausgeräucherten Fuchsbauten, trotz der Erinnerungen an die erste Zigarette und die erste Flasche Bier, die sie dort als Elfjährige heimlich probiert haben, auf den schöneren Weg durch den Wald und steuert langsam in Richtung Heitkötters Hof. Das letzte Haus an der Grenze zur Bauerschaft hinter Schapdetten, für Matthias war das früher das Ende der zivilisierten Welt. Heitkötter war immer etwas seltsam gewesen; er war der größte Bauer im Dorf, wollte aber partout nicht mit den anderen zusammenarbeiten. Eine gemeinsame Ernte oder das Ausleihen eines Treckers, das war mit allen Landwirten der Umgebung gegangen, aber nicht mit Heitkötter. So kam es, dass sein Vater gelegentlich beim Abendbrot böse Worte über den eigenwilligen Nachbarn verlor. Als Kind hatte Matthias gelegentlich mit den beiden Söhnen Heitkötters gespielt. Weil sie sozusagen nebeneinander wohnten, ließ sich das kaum vermeiden, aber es war nicht oft, und es wurde schließlich immer seltener, je älter sie waren.

Auf den Feldern grasen Kühe, die alte Badewanne mit dem Wasser und den grün angelaufenen Rändern sieht aus wie in Kindertagen. Als sein Vater einmal besonders erregt über Heitkötter schimpfte, öffnete Matthias – er muss so 12 oder 13 gewesen sein – die Koppel zu den Kühen und trieb die Tiere von der Weide. Mit dem Fernrohr beobachtete Matthias, wie Heitkötter noch Stunden später damit beschäftigt war, die Kühe wieder einzufangen. Die Tiere mussten dringend gemolken werden und brüllten laut vor Schmerz. Niemand hat dem Bauern geholfen.

Noch kann Matthias Heitkötters Hof nicht sehen, aber längst ist es sein Land hier. Neben den Kühen hat er vermutlich am Hof immer noch Gänse, vor allem vor Weihnachten, aber die Straße säumen auch große Mais- und Weizenfelder sowie ein paar Heuwiesen. Schon vor Jahrzehnten hat Heitkötter neue Schweineställe gebaut und außerdem mit der Aufzucht von Truthennen begonnen, als die Studenten in Münster den Trend aufgriffen und zu fast jeder Gelegenheit Salat mit Putenbrust bestellten.

Von weitem sieht Matthias einen Menschen. Die Landschaft ist flach im Münsterland, da bemerkt man sehr früh, wenn einem jemand entgegenkommt. Seltsam, denkt er, geht hier außer mir noch jemand spazieren?

Matthias wird langsamer. Sollte es Bauer Heitkötter sein? Der etwas schleppende Gang, die Gummistiefel, der Hut, der Stock. Es passt alles.

Auf eine Begegnung mit Heitkötter legt er keinen besonderen Wert. Umgekehrt vielleicht schon, denn nicht nur wegen der freigelassenen Kühe könnte Heitkötter ihm einige unbequeme Fragen stellen.

Langsam wird der ihm entgegenkommende Mensch größer, es ist ein älterer Mann, das steht schon mal fest. Aber der gebückte Gang verhindert, dass Matthias sein Gesicht erkennen kann.

Mit 14 hat er Heitkötters Gänse mit Steinen beworfen. Er meint sich zu erinnern, dass der Bauer ihn damals beobachtet hat.

Heitkötter – und er ist es, da ist sich Matthias inzwischen fast sicher – umkurvt eine Pfütze und kommt weiter auf ihn zu. Es ist still, nicht einmal ein Vogel singt.

Mit 15 hat er in Heitkötters Schweinestall mehrere Fensterscheiben eingeschlagen.

Der gebückt gehende Mann schaut kurz auf; denn natürlich hat er ebenfalls längst bemerkt, dass ihm jemand entgegenkommt. Selbst der Westfale ist neugierig, auf dem Land ganz besonders.

Mit 16 hat er ihm Zucker in den Tank des Treckers geschüttet.

Es ist Heitkötter, der ihm entgegenkommt, ganz eindeutig. Mit seinen roten Wangen sieht er aus wie immer, nur 30 Jahre älter.

Mit 17 hat er Heitkötters leere Hundehütte angezündet, damals wäre fast der ganze Hof in Flammen aufgegangen.

Sie gehen aufeinander zu.

Heitkötter wusste Bescheid, hatte ihn immer in Verdacht. Und sein eigener Vater auch. Trotzdem hat er den Nachbarn abserviert, als der Matthias verdächtigte. Es war der einzige Besuch Heitkötters bei den Eltern, an den er sich erinnern kann. Anzeige hat Heitkötter nicht erstattet.

Doch was würde er jetzt tun?

Sie sind nur noch wenige Meter voneinander entfernt. Matthias sieht, wie Heitkötters Augen aufblitzen. Er hat ihn erkannt.

Umdrehen geht nicht mehr. Für einen Moment stehen sie nebeneinander und schauen sich in die Augen.

„Tach", sagt Matthias.

„Jau", sagt Heitkötter. Und geht weiter.

Marathon

Ich verstand überhaupt nicht, was Maren wollte.

Draußen im Garten hinter unserem Haus sangen die Vögel und bauten ihre Nester, die Bäume schlugen aus und wurden langsam grün, die Sonne schien mir durchs Küchenfenster ins Gesicht. Der beginnende Bonner Frühling zeigte sich von seiner besten Seite.

Es hätte ein wunderschöner Tag werden können.

Doch Maren war wohl mit dem falschen Fuß aufgestanden. Schon beim Zähneputzen hatte sie mich unsanft aus dem Badezimmer befördert: „Ich brauche den Platz hier jetzt mal für mich allein", brummte sie und machte mir unmissverständlich deutlich, dass ich besser sofort gehen sollte, wenn ich nicht den ganzen Tag ihre schlechte Laune spüren wollte.

„Viel zu viel Routine", sagte sie beim Frühstück, als ich fragte, was denn nicht stimme. „Ich habe mir mein Leben anders vorgestellt, als so lustlos nebeneinanderher zu leben, wie wir das hier machen. Ich will etwas erleben, spontan sein, im Regen spazieren gehen, in Pfützen springen, verrückte Dinge tun halt. Oder auch mal einfach nur genießen, ohne ein schlechtes Gewissen zu haben, weil ich Ressourcen verbrauche oder Ärmeren etwas wegnehmen könnte, wenn ich mal eine üppigere Mahlzeit zu mir nehme."

Wir hatten beide unsere festen entwicklungspolitischen Vorstellungen, denn darüber hatten wir uns kennen und lieben gelernt. Und diese Ideale standen in der Tat manchmal dem enthemmten Konsum ziemlich im Weg. Trotzdem, fand ich, hatten wir einen Weg gefunden, der uns ein angenehmes Leben ermöglichte, ohne dass wir übermäßig auf Kosten der Armen lebten, sofern das in einem der reichsten Industrieländer der Welt überhaupt möglich war. Doch das sollte ich jetzt besser nicht ihr gegenüber thematisieren, denn sie war schon geladen genug.

Als ich deshalb also schlicht anmerkte, dass unsere Liebe doch sehr schön sei, schnaubte sie kurz auf, zog die Mundwinkel zusammen und wurde fast laut.

„Ach ja? Du hast doch wohl mitbekommen, dass ich vorhin überhaupt keine Lust auf Sex hatte, als du dich an mich rangemacht hast, oder?" Sie schaute mich gereizt an.

Ich dachte zurück an die Situation im Bett. Klar, wir hatten heute früh nicht miteinander geschlafen, aber trotzdem hatte ich es genossen, ihre Nähe zu spüren.

„Wann war ich denn das letzte Mal unvorstellbar erregt, wahnsinnig gierig nach deinem Körper, süchtig nach deinem Geruch, so wie wir es am Anfang waren? Wir haben es doch zuletzt nur noch heruntergespult", meinte sie.

Ich fand sie sehr erotisch mit ihren feurigen, weil rothaarigen Locken, die, weil sie sich so aufregte, unglaublich süß neben ihrem Kopf hin- und her wackelten. Es stimmt, unser Liebesleben war schon mal leidenschaftlicher gewesen, aber eigentlich fand ich es immer noch schön mit ihr im Bett. Das sagte ich dann auch.

„Siehst, du, das meine ich ja. Das unterscheidet uns, du bist mit allem zufrieden und sei es noch so wenig. Ich halte aber diese Routine nicht mehr aus, und der Sex ist nur ein Beispiel. Mir fehlen die Überraschungen in meinem Leben. Wir machen fast nichts Schönes mehr zusammen, fällt dir das nicht auf? Nein? Na, wie denn auch! Ständig liest du stumm vor dich hin. Warum gehen wir nicht mal ins Kino oder ins Konzert?"

„Wir waren vor drei Tagen noch im Theater", wandte ich ein.

„Ach ja, aber das ist auch nur noch Routine."

„Was schlägst du konkret vor, wie wir deine Langeweile überwinden und unsere Liebe verbessern können?", hakte ich etwas genervt nach, denn Konzerte waren mir zu laut, und das Kino erschien mir im Vergleich zum Theater völlig belanglos.

Aber sie meinte nur: „Es hat alles keinen Sinn mehr. Ich ziehe aus."

*****

Einen Tag später packte sie ihre Sachen. Ich hatte es nicht geglaubt, sondern etwas naiv damit gerechnet, dass sich ihre schlechte Laune wieder legte, aber das war ein Irrtum.

Sie lieh sich einen Kleintransporter von ihrem Bruder, einem Malermeister aus Bornheim, und schleppte tatsächlich einen Großteil ihrer Sachen aus der Wohnung. Unserer Sachen. Die Saftpresse und die Espressomaschine aus der Küche, das halbe Bücherregal, ihren Lieblingssessel und die polnischen Kunstplakate aus dem Wohnzimmer. Ihr Zimmer – wir hatten immer Wert darauf gelegt, dass jeder ein eigenes Zimmer hat, in das man sich bei Bedarf zurückziehen konnte – sah fast verlassen aus, als sie den Wagen bis an den Rand vollgepackt hatte. Der Schreibtisch, das Regal, der Bürostuhl waren weg und auch die Ordner mit ihren entwicklungspolitischen Unterlagen, die sie oft auch nach Feierabend zu Hause durchackerte, weil der Job als Politische Geschäftsführerin der Klima- und Entwicklungsorganisation „German Watch", für den wir vor einigen Jahren eigens von Frankfurt nach Bonn gezogen waren, für sie das Leben bedeutete, so dass ihr Arbeitstag nicht nach acht Stunden zu Ende war.

Ich betrat ihr Zimmer, in dem nur noch nutzloser Krimskrams und eine halbvolle Kiste herumstanden und irgendein Demoaufruf an der Wand hing. Sonst gähnende Leere. Mir sackten die Knie weg, und ich setzte mich auf den Boden. Schon jetzt fehlte sie mir, obwohl sie noch da war und gerade im Bad die letzten Sachen zusammenkratzte, die irgendwie noch ins Auto passen würden. Das wirkte alles ziemlich vorbereitet, dachte ich, nicht so spontan, wie es aussehen sollte. Fast jeder Griff wirkte einstudiert, als sie zusammenpackte, so als hätte sie sich das schon hundertmal durch den Kopf gehen lassen und gedanklich vorbereitet.

Dabei passte das gar nicht zu ihr, denn sie war ja der spontane Typ. Mir warf sie immer vor, dass ich alles bis zuletzt durchplante und nie mal etwas einfach auf mich zukommen ließ. Verkrampft nannte sie mich oft, und in gewisser Weise hatte sie Recht damit. Ich sehnte mich selbst auch nach mehr Lockerheit, aber diese Eigenschaft war mir halt nicht in die Wiege gelegt worden, und ich hatte sie auch nicht erlernt, auch wenn Maren sich zwischenzeitlich ziemlich abgemüht hatte, mich umzuerziehen.

Ich sah mich noch einmal im Zimmer um, in dem wirklich fast nichts stehengeblieben war. Mir war zum Heulen zumute, denn nichts hier sah nach einer vorübergehenden Trennung aus, sondern alles verdammt endgültig.

„Ich fahr' dann mal." Maren steckte ihren Kopf durch die Tür, und obwohl sie abgekämpft aussah, war sie ein schöner Anblick mit ihren Locken und den nahezu perfekten Rundungen, auf die ich, wie es aussah, in Zukunft würde verzichten müssen.

Ich war völlig fertig, meine Gedanken überschlugen sich, und ich konnte fast nichts sagen. „Bitte bleib", flüsterte ich.

„Lass dich nicht hängen, Sebastian, auch wenn es für dich jetzt noch falsch aussieht, wirst du bald einsehen, dass es das Beste für uns beide ist. Ich bin sicher, dass auch dein Leben bald besser laufen wird, mit neuen Freunden und wahrscheinlich auch mit einer neuen Freundin. Ich mag dich immer noch, in Zukunft wahrscheinlich anders als bisher, aber wir sollten in Kontakt bleiben. Mach's gut."

Maren kniete sich zu mir herunter und umarmte mich zum Abschied. Sollte es wirklich das letzte Mal sein? Ich klammerte mich an sie, roch an ihr, alles war wie früher, dachte ich, denn ihr Wollpullover erinnerte mich an bessere Tage. Ich bohrte meine Hand darunter und spürte ihre nackte Haut unter dem T-Shirt. Vorsichtig tastete ich mich in Richtung Brust hoch, doch bevor ich auch nur den BH erreichte, riss sie sich los.

„Das sollten wir besser lassen", belehrte sie mich. „Ich fahre jetzt. In den nächsten Tagen halten wir besser Abstand, aber in ein paar Wochen kannst du mich gern mal zum Kaffee einladen." Sie lachte, und es wirkte kein bisschen verlegen.

Ich starrte auf den Fußboden und schwieg. Sie zog das knallhart durch, und wenige Sekunden später hörte ich nur noch, wie die Wohnungstür ins Schloss fiel. Sie würde erst einmal zu ihrem Bruder nach Bornheim ziehen, hatte sie mir erklärt. Was zur Hölle wollte sie im Vorgebirge?

Ich schlug die Hände vors Gesicht und verharrte minutenlang in dieser Stellung, wollte weinen, konnte aber nicht. Mein Magen knurrte – ich hatte den ganzen Tag nichts gegessen, es ging einfach nicht –, doch ich schleppte mich zum Kühlschrank, mümmelte an einem Stück Käse, das ich halb wieder ausspuckte, und beschränkte mich ab sofort auf das Trinken. Es war gegen 15 Uhr, als ich das erste Bier öffnete. In Marens Zimmer stand noch eine angefangene Flasche mit Likör. Er schmeckte scheußlich süß, aber ich leerte sie in wenigen Minuten. Ich war den Alkohol nicht gewohnt, schon gar nicht um diese Uhrzeit, und um 18 Uhr, als ich weitere drei Halb-Liter-Flaschen Bier leer ge-trunken hatte, konnte ich nicht mehr richtig geradeaus gehen.

In der Zwischenzeit war ich immer wieder durch die Wohnung ge-rannt, auf der Suche nach irgendwelchen Spuren, ich hatte ungläubig die leer geräumten Plätze angestarrt, im Badezimmer vergeblich Ma-rens Zahnbürste, ihr Parfüm und ihr Duschgel gesucht. Alles war weg, sie würde nicht wiederkommen. Wütend trat ich vor die Küchentür.

Lesen konnte ich jetzt nicht, also ging ich viel zu früh ins Bett. Dort drehte sich alles, sobald ich die Augen schloss, also stand ich wieder auf und ging ein paar Schritte vor die Tür. Die Menschen in der Heer-straße machten mich noch einsamer, normalerweise mochte ich die abendliche Hektik in der Bonner Nordstadt, die von den Kneipenwir-ten gern Altstadt genannt wird, obwohl die im Krieg zerstörte Bonner Altstadt ursprünglich ganz woanders war, aber an diesem Abend ver-stärkte jede Stimme, die ich hörte, meine Einsamkeit. Ich ging schnell wieder zurück in die Wohnung, wo ich elendig im Sessel zusammen-sackte. Irgendwann schlief ich zwar ein, doch schon nach kurzer Zeit wurde ich wieder wach. Im Bett war es nicht besser. Die Nacht war fürchterlich, ich wälzte mich schlaflos hin und her und hätte schreien können vor Wut und Enttäuschung.

*****

Das Schlimme war, dass es nicht wegging. Maren hatte mich schon vor Wochen verlassen und sich nicht mehr gemeldet, auch nicht, als ich sie eine Zeitlang vom Handy aus mit Kurznachrichten bombar-dierte, aber sobald ich die Augen aufschlug, sah ich sie vor mir und sehnte mich nach ihr. Meine Arbeit als Steuerberater, die ich vom hei-

mischen Schreibtisch aus erledigte, spulte ich in dieser Zeit eher unzu-
verlässig ab, so dass mehrere Kunden mich in bösen Mails mit deut-
lichen Worten ermahnten, dass ich ihnen ihre Umsatzsteuererklärung
oder andere Unterlagen schon vor Wochen versprochen hatte. Andere
riefen an, aber meist ließ ich das Telefon einfach klingeln. Einige teil-
ten mir mit, sie würden sich einen anderen Steuerberater suchen. Das
war mir völlig egal, ich hatte wahrlich andere Probleme.

Immer, wirklich immer, sah ich Maren vor mir, ihr meist etwas
spöttisch daherkommendes Lächeln, wenn wir mit einem Glas Wein
anstießen, ihre leuchtenden Augen, wenn sie politisch einen Erfolg
errungen hatte, was leider nicht so oft gewesen war, und auch ihren
Körper, wenn wir uns einander näher kamen. Mein Bauch ertrug diese Einsamkeit nicht, er hatte sich zusammengezogen wie eine getrock-
nete Pflaume und sendete alarmierende Signale an den Kopf. Ich aß
viel zu wenig, mein Körper verweigerte an ganz vielen Tagen einfach
jede Nahrungsaufnahme, so dass ich fünf Kilo abnahm, dabei war ich
schon vorher eher dünn gewesen. Mit der Zeit sah mein Gesicht fast
etwas eingefallen aus. Dazu soff ich viel zu viel, was dazu führte, dass
ich oft schon mittags angetrunken war. Aber auch das beseitigte die
Sehnsucht nach Maren nicht, die täglich mit dem Aufstehen begann,
sich bis zum Zubettgehen fortsetzte und in den einsamen Nächten, die
oft schlaflos und deshalb am schlimmsten waren, anhielt. Sobald ich
wach war, waren meine Gedanken und meine Gefühle bei ihr. Ich
verstand einfach nicht, warum sie gegangen war, warum sie es nicht
noch einmal mit mir versuchte und warum sie mir das alles antat. Natürlich fehlte mir auch die körperliche Nähe zu ihr, und als der Radio-
sprecher im WDR nach den Nachrichten mal wieder etwas von
stockendem Verkehr sagte, dachte ich: Mein Verkehr ist schon länger
ins Stocken geraten.

Gelegentlich zwang ich mich zu einem Spaziergang. Längst war alles grün geworden, der Mai war vom Wetter her perfekt, die Sonne

leuchtete täglich mehrere Stunden, aber ich bekam nichts davon mit, so düster war für mich alles um mich herum. Die rosa Blüten der Kirschbäume in der Heerstraße direkt vor unserer Haustür, sonst jedes Jahr ein Augenschmaus, der Touristen aus aller Welt in die Bonner Nordstadt lockte, registrierte ich in diesem Jahr nicht einmal.

Im türkischen Café an der Ecke war reger Betrieb, auch der Supermarkt quoll über von fröhlich lachenden Menschen, Radfahrer durchquerten die Nordstadt und riefen sich gut gelaunt etwas zu, während ich wie benommen durch die Straßen taumelte und versuchte, dem Trubel zu entkommen. Nachdem ich die Kölnstraße überquert hatte, wurde es ruhiger, und ich ging mit zügigen Schritten Richtung Rhein, um dort endlich meine Ruhe zu finden.

Der Rhein wirkte normalerweise besänftigend auf mich, der Spaziergang an dem breiten Strom mit seinem leisen Plätschern, wenn die Schiffe etwas Wellengang erzeugten, hatte mich schon oft nach der Arbeit wieder ins Leben zurückbefördert. Hier konnte ich abschalten und mir neue Kraft für den nächsten Tag holen. Seit Maren weg war, gelang das nicht mehr. Trotzdem war es hier besser als allein zu Haus, wo mir nur noch die Decke auf den Kopf fiel.

Wegen des schönen Wetters waren am Rhein natürlich viele Menschen, aber sie waren nicht laut, und außerdem wurde es einsamer, je mehr ich mich der Friedrich-Ebert-Brücke näherte. Schon bald kamen mir nur noch Radfahrer, Skater und Jogger entgegen. Schlanke junge Frauen mit hin und her fliegenden Pferdeschwänzen überholten mich, aber ich hatte keinen Blick für sie, grübelte über mein Unglück vor mich hin, versank in meinem Leid. Ich war jetzt 37 Jahre alt, und mein Leben hatte ich mir immer nur mit Maren ausgemalt, eine andere Frau kam für mich nicht in Frage und war, wenn ich ehrlich war, auch nicht in Sicht. Schon vor Maren waren meine Erfahrungen mit Frauen eher bescheiden gewesen, eigentlich beschränkten sie sich auf eine kurze Beziehung. Und während mein Freundeskreis schon immer übersichtlich war, so war mein Freundinnenkreis schlicht nicht vorhanden.

Überhaupt war ich ziemlich einsam, ich pflegte ja nicht einmal Kontakt zu meiner Familie, was ich allerdings auch nicht bereute, denn so etwas wie Geborgenheit hatte ich als Kind nie verspürt, das hatte ich erst durch das Zusammenleben mit Maren kennengelernt.

Ich träumte, Maren würde auf mich zulaufen, sie kam immer näher, und ich starrte auf ihren Lockenkopf. Der Anblick kam mir zwar völlig irreal vor, denn Maren war nie gejoggt, seitdem ich sie kannte, aber ich genoss die Situation, die immer konkreter wurde.

„Hallo Sebastian, wie geht es dir denn so?" Plötzlich stand Maren leibhaftig vor mir. In Turnschuhen, Jogginghose und Top sah sie ungewohnt aus, denn ich kannte sie eher in teuren, weil in Europa gefertigten Jeans, die aber nicht allzu teuer aussahen, und mit recht edlen Oberteilen. Aber was war das hier? Wie konnte aus meiner Vision, Maren auf mich zulaufen zu sehen, plötzlich ein Gespräch entstehen?

Ich musste sie wohl ziemlich lange ziemlich blöd angestarrt haben, denn sie wiederholte ihre Frage: „Sebastian, wie geht es dir? Wir haben uns ja eine ganze Weile nicht gesehen? Warum hast du auf meine Nachricht nicht geantwortet?"

Sie war es wirklich, und sie hatte mir vor ein paar Tagen tatsächlich per WhatsApp geschrieben, es war das erste Mal seit ihrem Auszug. Ich hatte die Nachricht bestimmt hundertmal geöffnet, immer wieder gelesen und nach kleinen Hinweisen gesucht, dass sie zu mir zurückkommen wollte. Aber vergebens. „So, ich finde der zeitliche Abstand reicht jetzt. Meine Entscheidung war richtig, aber wir können Freunde bleiben. Melde dich, wenn du magst. M.", hatte sie geschrieben. Dieses „M." hatte sie schon früher immer unter jede SMS gesetzt, als würde mein Handy, weil ich Marens Nummer logischerweise gespeichert hatte, die Meldungen nicht automatisch als Text von ihr ausweisen. Ich hatte nicht gewusst, was ich antworten sollte. Das war nicht die Nachricht von ihr, die ich erhofft hatte, also schrieb ich gar nicht zurück. Vielleicht, so hatte ich gedacht, spürte sie dann, dass auch ihr etwas fehlte.

Ich schaute zur Seite. Neben Maren trippelte ein Mann ungeduldig auf der Stelle, auch er war so Mitte bis Ende 30, vielleicht etwas jünger als ich, aber eine ganz andere Erscheinung: Groß und auf eine Art und Weise drahtig, wie mein Körper selbst nach intensivstem Training niemals aussehen könnte. Unter dem T-Shirt war zu erkennen, dass er kein Gramm Fett zu viel hatte. Scheiße, war das etwa ihr neuer Freund? Wo kam der denn her? Und seit wann legte sie bei Männern Wert auf Äußerlichkeiten?

Ich sagte immer noch nichts, sondern starrte die beiden wohl nur an. „Ach so, das ist Ronald", sagte Maren. „Und das ist Sebastian", sagte sie zu Ronald.

„Hallo", sagte der, machte aber keine Anstalten, mir die Hand zu geben oder noch irgendetwas hinzuzufügen. „Hallo", antwortete ich und glotzte ihn ohne Unterbrechung an, was ihm wohl unangenehm war, denn er lief weiter auf der Stelle herum, machte keinerlei Anstalten, zur Ruhe zu kommen, und sagte dann: „Ich laufe schon mal weiter, ich muss wirklich trainieren. Ich hol dich gleich wieder ab." Er gab Maren – mir drohte die Kinnlade runterzufallen – einen Kuss und verschwand in einem Tempo, in dem ich nach zehn Metern unerträgliche Seitenstiche bekommen hätte. Schon bald war er außer Sichtweite.

Ich schaute Maren fragend an.

„Ja, Ronald ist mein neuer Freund", druckste sie herum. „Aber sag mal, wie geht es dir?"

„Ganz gut", log ich, korrigierte mich dann aber: „Nein, nicht so gut." Und nach einer Pause: „Ich vermisse dich, vermisse unser Leben, unser Glück. Ich verstehe nicht, warum es so kommen musste."

„Sebastian, wir hatten uns völlig auseinandergelebt, das musst du doch auch gespürt haben. Für mich war es eine totale Befreiung, als ich endlich gegangen bin."

Ich muss sie ziemlich entgeistert angeschaut haben, denn sie wirkte für einen Moment geschockt.

„Hast du wirklich nicht gemerkt, wie unglücklich ich war?"

Nein, das hatte ich nicht, und ich mochte auch nicht darüber nachdenken und erst recht nicht darüber reden.

„Woher kennst du diesen Ronald?", wollte ich nur noch wissen.

„Wir haben uns im Sportstudio kennengelernt. Ich habe mich nach meinem Neuanfang dort angemeldet. Es passt", sagte sie und wirkte etwas verlegen. „Auch wenn er Marathon läuft und ich früher nicht besonders sportbegeistert war."

„Ach so", sagte ich. „Na dann, viel Spaß noch. Ich muss weiter."

* * * * *

Die nächste Zeit verbrachte ich damit, herauszufinden, wer dieser verfluchte Ronald und wie eng seine Beziehung zu Maren war.

Ich lauerte am Rhein, ob ich ihn beim Joggen sah, beobachtete alle Sportstudios in Bonn, die ich kannte, ob er dort ein und aus ging, googelte alle Ronalds in Bonn und bei Facebook, ob sie dem Langstreckenläufer von Maren ähnlich sahen, schrieb ihr SMS, um etwas mehr zu erfahren, zum Beispiel wo sie wohnte und ob sie mit ihm zusammengezogen war. Meine Nachrichten waren wohl nicht so freundlich, jedenfalls fand ich nichts heraus.

Also wartete ich eines Nachmittags mit meinem Fahrrad in der Kaiserstraße mit gutem Blick auf das Büro von German Watch, wo ihr Rad unter dem Schild „Reserviert für Klima-Retter" neben einigen anderen angekettet war. Ich hatte mich wochenlang nicht rasiert, es gab Wichtigeres, und der Bart hatte mein Aussehen verändert. Maren kannte mich nur glatt rasiert, und zur weiteren Tarnung hatte ich mir eine Sonnenbrille und eine Baseball-Kappe aufgesetzt. Als Maren raus kam, ihr Rad aufschloss und losfuhr, folgte ich ihr mit etwas Abstand. In Bornheim bei ihrem Bruder wohnte sie jedenfalls nicht mehr, denn sie fuhr Richtung Süden und überquerte dann kurz vor dem Kunstmuseum die Bahnschranke am Rheinweg, die ausnahmsweise trotz der neuen Haltestelle „UN-Campus" mal geöffnet war. Eine Weile fuhr sie durch Kessenich, bis sie, von mir aus der Ferne beobachtet, an einem hellblauen Haus in der Mechenstraße, von dem man hätte denken können, dass es mal eben von Griechenland nach hier transportiert worden wäre, ihr Fahrrad abstellte und die Tür aufschloss.

Nun hatte ich schon einmal ihre Adresse und konnte sie weiter beobachten. Ein kurzer Blick auf die Klingel brachte die schockierende Wahrheit ans Licht, dass sie nicht alleine wohnte, und tatsächlich ergaben meine Observationen, dass Ronald, wenn er vom Joggen verschwitzt in Kessenich ankam, ebenfalls mit einem Schlüssel die Tür des besagten Hauses öffnete.

Noch immer verstand ich nicht, warum sie mich ausgerechnet mit diesem Typen betrog, der sich doch ganz offensichtlich die letzten Hirnzellen durch sein krankhaftes Joggen weggepustet hatte. Oder konnte sie mit ihm vielleicht über Klima- und Entwicklungspolitik reden, die uns ja mal zusammengebracht und unsere Freundschaft ausgemacht hatte? Unvorstellbar, dass sie jetzt mit diesem geistlosen Dauerläufer zusammen essen ging und die Nächte verbrachte. Dafür war ich geschaffen und nicht er. Aber wahrscheinlich war er unheimlich spontan und so, jedenfalls nicht so festgefahren wie ich und natürlich auch im Bett wahnsinnig kreativ und nicht routiniert. Wenn ich mir vorstellte, dass sie zusammen im Bett lagen und er die für mich bestimmten Brüste streichelte, wurde ich wahnsinnig vor Eifersucht.

Ich machte Maren mit zahlreichen SMS klar, dass ich eigentlich immer wusste, wo sie sich gerade aufhielt, wo sie wohnte und was ihr toller Freund machte, ob er im Sportstudio war oder am Rhein seine Kilometer abriss. Meine Fragen, was sie denn an Ronald finde, was er habe, was ich nicht hätte, und auch meine halbstündlichen Vorschläge, doch lieber zu mir zurückzukommen, ihr Zimmer in der Wohnung sei noch unberührt, seitdem sie es verlassen habe, was tatsächlich stimmte, beeindruckten Maren nur wenig, denn sie legte sich offenbar recht bald ein neues Telefon zu, so dass meine Nachrichten von nun an im Nirwana versandeten.

An meinem Schreibtisch saß ich kaum noch.

* * * * *

An manchen Tagen wurde ich schrecklich sentimental, dann öffnete ich die Fotodateien auf meinem Computer mit den Bildern, auf denen Maren und ich in Paris oder am Strand in Italien zu sehen waren oder auch auf den großen Demonstrationen parallel zum Klimagipfel in Bonn im letzten November. Unsere Liebe war makellos gewesen, und wenn Maren mich trotzdem verlassen hatte, konnte es dafür eigentlich nur einen Grund geben. Dieser Ronald hatte, schon früher als ich wusste, seine Hand in ihre Richtung ausgestreckt.

Ich schickte ihr die alten Fotos an ihre Mailadresse bei German Watch, die ich jetzt für die Kommunikation nutzte, die allerdings einseitig bleib, weil sie nicht mehr antwortete. Wahrscheinlich wurden alle Mails mit meinem Absender längst als Spam aussortiert, denn ihre letzte Antwort lautete kurz: „Hör bitte auf, mich zu stalken. Es nervt."

Es war ein Hilferuf von ihr, und ich musste sie erlösen.

Ich hatte auch schon eine Idee, wie ich das machen könnte.

Der Bonn-Marathon stand vor der Tür, und über die Homepage der Veranstaltung konnte man ganz einfach die Startnummern der Teilnehmer herausbekommen. Ich musste nur seinen Nachnamen, den ich seit dem ersten Blick auf die Klingel in der Mechenstraße nicht vergessen konnte, eintippen, und schon wurde mir Ronalds Startnummer verraten.

Als der Lauf startete, war ich bereit, stand mit Vollbart, Brille und Kappe am Straßenrand und musste mir eingestehen, dass die Veranstaltung etwas Faszinierendes hatte. Wer mehr als 42 Kilometer laufen konnte, hatte meinen Respekt verdient, auch wenn ich Laufen im Grunde total bescheuert fand. Aber in Bonn war gutes Wetter und Volksfeststimmung, in den Wohnvierteln in Beuel, aber auch am Rhein in der Innenstadt bauten Anwohner Tische auf, machten sich zusammen mit Nachbarn und Freunden einen schönen Tag – es war ein bisschen wie Karneval, nur mit warmem Wetter –, und alle boten den Läufern Getränke an, die sie bei der langen Strecke und den warmen Temperaturen brauchten. Genau das wollte ich nutzen.

Zwei Tage vorher hatte ich meinen alten Chemiebaukasten aus Schultagen, der mir schon viele gute Dienste geleistet und auch mehrere Umzüge schadlos überstanden hatte, aus dem Keller geholt und einen netten Drink zusammengemischt, der klar wie Wasser war, eigens etwas Aroma enthielt und deshalb wohl nach Zitrone schmecken dürfte. Allerdings würde er nach nur einem kleinen Schluck die Speiseröhre und andere Organe des Trinkenden wegätzen, so dass niemand den von mir gebrauten Cocktail überleben konnte.

Die Situation am Hofgarten, wo ich Position bezogen hatte, war genau so, wie ich sie mir erträumt hatte, denn die Läufer hatten wenige Kilometer vor dem Ziel Durst und griffen dankbar auch nach den Bechern, die ihnen von den Zuschauern und nicht nur von den offiziellen Versorgungsposten gereicht wurden. Die Situation am Straßenrand war unübersichtlich, auch das kam mir sehr gelegen.

Die ersten Afrikaner waren schon durch, sie hatten die Strecke bis zum Marktplatz in wenig mehr als zwei Stunden geschafft. Ronald erwartete ich im ersten Drittel, denn Maren hatte mal voller Bewunderung angedeutet, dass ihr ach so toll durchtrainierter Ironman die 42 Kilometer in drei Stunden laufen könne. Wie erhofft, hatte sich das Läuferfeld auseinandergezogen, so dass immer entweder nur einzelne Läufer oder Pärchen, selten aber unübersichtliche große Gruppen auf mich zuliefen.

Und dann meinte ich, Ronald zu entdecken. Seinen Laufstil und seine Statur kannte ich von den vielen Beobachtungen ganz gut, so dass ich mir recht sicher war. Ich schob mich nach vorn, um einen guten Blick auf seine Startnummer zu bekommen – er war es! Ich war nervös, mein Herz schlug laut, meine Knie zitterten, aber im richtigen Moment gelang es mir, ihm mit meinen dünnen Stoffhandschuhen die Flasche hinzuhalten, und Ronald, der nach mehr als 40 Kilometern in den Knochen verständlicherweise verschwitzt und abgekämpft aussah, nickte mir kurz zu, ohne mich zu erkennen, und griff tatsächlich nach dem Getränk, als er an mir vorbeilief.

Und während ich mich bereits von dannen schlich, damit ich nicht in Verdacht geriet, mit dem tödlichen Drink in Verbindung gebracht zu werden und mich nach Hause aufmachte, wo ich mich umgehend rasieren wollte, sah ich beim Umdrehen mit einem Auge, wie das dumme Arschloch meine Flasche einfach an den Läufer neben sich weiterreichte.

Jeglichen Dogmen entbunden

Es beginnt zu dämmern, und Viktor schält sich etwas umständlich aus dem Bett. Er ist sofort hellwach, und in seinem Kopf entstehen Gedanken, wie er den Tag kreativ verbringen könnte. Er ist schließlich Künstler und Kunstprofessor, da erwarten seine Jünger nahezu ohne Unterlass neue verwunderliche und unkonventionelle Dinge, die sie nicht nur beeindrucken und beeinflussen, sondern auch aus der Bahn werfen, damit sie ihr Leben kontinuierlich hinterfragen und niemals Routine einkehren lassen, was bekanntlich der Tod jeder künstlerischen Aktivität ist.

Und Ideen hat Viktor genug. Wenn er zum Beispiel eins seiner Hühner verkehrt herum an die Decke hängen und köpfen würde, denkt er gerade, als er seine Unterhose sucht, könnte er unten das Blut auffangen und damit ein ganz besonders farbintensives Bild malen. Und die Federn sollte er auch aufheben, die ließen sich immer für Kreatives einsetzen.

Er könnte natürlich auch was mit seiner Unterhose machen, fällt ihm ein, als er sie endlich findet, Unterwäsche ist ja immer noch ein Tabu, sogar in weiten Teilen der Kunstszene. Aber natürlich nicht für ihn. Er grinst. Oder er könnte ein neues Buchprojekt beginnen, zum Beispiel einen Bildband mit experimentellen Fotos von exklusiver, nur von Migrantinnen getragener Unterwäsche. Die Idee muss er sich merken, die ist genial. Das wird seine Kollegen und ganz besonders seine Kolleginnen an der Akademie der Bildenden Künste aufregen, was ihn natürlich freut, denn Provokation ist schließlich die vornehmste Aufgabe der Kunst.

Er geht ins Badezimmer, dreht die Heizung auf, denn es ist kalt geworden Ende Dezember, öffnet seinen Hosenlatz und schiebt den Zeigefinger durch den Reißverschluss, so wie er es gern macht, um Spießer zu verschrecken. Der Anblick gefällt ihm, und so spielt er eine Weile vor dem Spiegel mit seinem Finger herum. Auch wenn 1968 schon länger vorbei ist, ist er fest davon überzeugt, dass seine Pimmelspielchen die Langweiler um ihn herum brüskieren. Doch selbst ein Meister kann so nicht pissen, bedauert er, also muss er sich doch auf den Topf setzen und sich konventionell entleeren. Anschließend schaut er noch einmal kurz in den Spiegel, betrachtet diesmal aber seine ziemlich langen hellen Locken, die ihn zusammen mit seinem unermüdlichen Tatendrang auch wenige Jahre vor seiner Pensionierung noch fast jugendlich wirken lassen. Er wuschelt sich kurz über den Kopf, putzt schnell die Zähne, fertig. Der Tag kann beginnen.

Viktor geht in die Küche, wo seine Frau Martina fleißig Gemüse schneidet. Flüchtig begrüßen sie sich, während Viktor eine Schale aus dem Schrank nimmt, Müsli einfüllt und Milch darüber schüttet. In Gedanken ist er weiterhin bei seinen nächsten Projekten. Er will das Müsli mit Honig süßen, findet aber keinen und nimmt deshalb einfach den vor ihm auf dem Tisch stehenden Zuckerrübensirup. Der lässt sich zwar kaum verrühren, doch das bekommt er in seinem Gedankenrausch kaum mit, und so isst er in wenigen Sekunden die Schale leer. Martina reicht ihm einen Kaffee dazu, was er ebenfalls nicht registriert, den er aber gleichwohl austrinkt. Dabei denkt er intensiv an das Unterwäsche-Projekt mit den Migrantinnen. Seine Frau stellt in der Zwischenzeit Wasser für Nudeln auf den Herd.

Er lässt sich nicht davon ablenken, dass sie schon während des Frühstücks spätere Mahlzeiten zubereitet, steht auf und geht in eins seiner Ateliers. Er öffnet mehrere Schubladen, um sich inspirieren zu lassen, betrachtet Bilder, auf denen er Menschen fotografiert hat, die er zuvor an zufällig wirkenden, aber natürlich bewusst gewählten Orten in bestimmten Haltungen von Kopf bis Fuß mit Mehl bestreut hat. „Kafkas Schnee" hat er das Projekt getauft, und er ist überzeugt, dass Millionen Künstler weltweit sauer sein dürften, weil ihnen dieser Titel nicht selbst eingefallen ist. Er hat sogar einen Verlag gefunden, der einen Bildband mit den Fotos herausgeben will; irgendwo muss doch dieses Schreiben sein, in dem sie neulich drohten, das Projekt zu stoppen, wenn er nicht bald den Vertrag unterschrieben zurücksende und die Bilder liefere. Er wird sie noch ein bisschen zappeln lassen, beschließt er, denn wenn er sich um so triviale Dinge wie diese kümmern muss, ist seine künstlerische Kreativität immer blockiert. Deshalb beendet er seine meisten Projekte schon vor der endgültigen Umsetzung, das ist mittlerweile sein ganz individuelles Konzept geworden, für das ihn die Kunstwelt eines Tages noch mehr bewundern wird, davon ist er felsenfest überzeugt.

Ein Geräusch von draußen bringt Viktor auf eine neue Idee, die er umgehend umsetzen will. Er nimmt seine Kamera und eine der in jedem Raum bereitliegenden Tüten Mehl, als er in der Schublade eine Collage entdeckt, die er tatsächlich unten rechts signiert hat. Er weiß nicht, in welchem Anfall von Wahnsinn er seinerzeit diesem spießigen Brauch nachgekommen ist, und ist heilfroh, dass er diesen Fehlgriff binnen weniger Sekunden mit einem Radiergummi unsichtbar machen kann. Zufrieden schaut er auf das nun wieder jungfräuliche Bild – es ist gar nicht so schlecht – und schließt die Schublade.

Viktor betritt den Garten und betrachtet seine chinesischen Hühner. Er mag sie, auch wenn sie nur alle 14 Tage mal ein Ei legen, und findet die Idee, eins von ihnen zu köpfen, plötzlich doch nicht mehr so gut. Zum Glück arbeitet er in Gedanken längst an anderen Projekten. Er geht auf die Wiese hinter dem Hühnergehege und schreitet bedächtig auf die Eselin mit dem liebevoll gewählten Namen Lisa zu, die er nach einer ehemaligen Lieblingsstudentin benannt hat. Die Morgensonne steht noch tief und wirft ein ideales Licht für Fotos. Viktor öffnet die Tüte und beginnt, Lisa an den großen Ohren mit Mehl zu bestäuben. Bisher hat er nur Menschen für „Kafkas Schnee" vor die Kamera geholt, nun soll endlich auch ein Tier dazugehören. Wieder so ein Bruch im Konzept, der tausende Betrachter erstarren lassen und ihren Horizont erweitern wird.

Gut, dass Lisa ein gutmütiges und ruhiges Tier ist. Schnell ist der Kopf voller Mehl, auch der Rücken ist kein Problem. Im Schweif lässt die Sonne das Mehl ganz besonders leuchten. Viktor ist zufrieden, geht einen Schritt zurück und greift zu seiner Kamera. Jetzt muss Lisa nur noch etwas gedreht werden, damit das Licht ideal fällt. Das Tier denkt richtig mit, genau wie die Studentin, die ihm den Namen geschenkt hat, denn die Eselin schüttelt sich nicht, macht unter Viktors Anleitung vorsichtig kleine Schrittchen und bleibt genau an der vorgesehenen Stelle stehen. Fast kein Mehl ist auf dem Boden gelandet, das ist etwas unheimlich, nachgerade kafkaesk, was wieder einmal beweist, welch passenden Namen er dem Projekt gegeben hat. Viktor blickt durch die Linse und spürt, dass das Bild perfekt gelingen wird. Doch da macht Lisa plötzlich einen Sprung zur Seite, tritt aus und ihr linker, mehlbestäubter Hinterhuf trifft Viktor genau in den Schritt. Ihm wird schwarz vor Augen, während er gleichzeitig kaum merkt, dass er zu Boden sinkt.

Als er wieder aufwacht, steht Lisa friedlich einen Meter vor ihm und glotzt ihn neugierig an. Etwas panisch den Boden abtastend, sucht Viktor als allererstes seine Kamera und ist erleichtert, dass sie unversehrt neben ihm liegt. Dann blickt er auf sein Gemächt, das ziemlich weh tut. Der Schmerz ist allerdings fast verflogen, als Viktor den Abdruck, den der Huf auf seiner Hose hinterlassen hat, genauer betrachtet. Es ist ein von Mehl umsäumter Kreis, der auf dem Reißverschluss seiner schwarzen Hose sensationell aussieht. Viktor macht mehrere Fotos, wobei er es nicht versäumt, vor den letzten Bildern den Reißverschluss zu öffnen und sein Zeigefingerchen herauszustrecken. Wieder einmal hat er es dem Bürgertum, das die herausragende Bedeutung des männlichen Geschlechtsorgans einfach nicht versteht, so richtig gezeigt! Zurück in seinem Atelier, druckt er das beste Bild gleich mehrfach auf feinem Büttenpapier aus. Fast hätte er es unten rechts signiert, aber gerade noch rechtzeitig unterdrückt er den bourgeoisen Impuls.

Noch immer ist da der Schmerz im Unterleib, den er durch mehrfaches Ausrichten seines Gemächts zu vertreiben versucht. Er bedauert, dass niemand ihn dabei sieht, mit welcher natürlichen Selbstverständlichkeit er das macht.

Weil er Durst verspürt, geht Viktor in die Küche, nicht ohne zu bedauern, dass so niedere Bedürfnisse hin und wieder seine künstlerischen Aktivitäten unterbrechen, was ihm irgendwie fast unwürdig erscheint. Als er aber einmal den ganzen Tag nichts getrunken hatte, schmerzte seine Niere so sehr, dass er stundenlang nicht arbeiten und – anders als heute – nicht einmal den Schmerz selbst für eine künstlerische Aktivität nutzen konnte. Seitdem versucht er sich mit den gelegentlich erforderlichen Gängen in die Küche abzufinden. Und hin und wieder kommt er beim Spielen mit Lebensmitteln auch auf gute Ideen. So hat er bei Gurken und Bananen in der Form bereits Ähnlichkeiten zu schon genannten Körperteilen entdeckt, was vor ihm bestimmt noch niemandem aufgefallen ist.

In der Küche angekommen, staunt er nicht schlecht, denn Martina hat fünf Salate hergerichtet, ergänzt von Baguette und einer Suppe, die auf dem Tisch stehen. Was hat sie denn jetzt wieder vor, denkt er, als er den Zettel sieht. Auch für Käse und Getränke ist gesorgt, er soll die Sachen nur nicht im Kühlschrank vergessen, warnt Martina ihn, die selbst wohl nicht da zu sein scheint. Als er das alles so sieht, fällt es Viktor auch wieder ein: Heute ist Silvester, und er hat ein paar Nachbarn sowie einige ehemalige Studenten – nun ja, eher Studentinnen (und zur Not auch ihre Partner und Kinder) – eingeladen. Also nicht so richtig eingeladen, das würde nun so gar nicht zu ihm passen, aber irgendwie hat er wohl angedeutet, dass sie ruhig zu seinem Hof in Banderbach kommen können. Es sind nur ein paar Kilometer von Nürnberg, und bei ihm ist eh immer „Open House" – so wie einst bei Andy Warhol, mit dem er sich bestimmt blendend verstanden hätte.

Er geht durch den Flur und findet ihn befremdlich sauber. Deshalb stapft er mit seinen Stiefeln demonstrativ mehrmals hin und her, um ein paar Erdklumpen zu verstreuen. Alle Besucher sollen gleich beim Eintreten sehen, dass man bei ihm nicht die Schuhe ausziehen muss und dass es bei ihm zu Hause um Bedeutsameres als um Sauberkeit geht.

Er zieht sich in einen anderen seiner Atelierräume zurück, betrachtet eine von ihm gegossene übergroße Beton-Ratte mit extrem langen Ohren und mit Flügeln, die aus ihrem Bauch herauswachsen, was bei einigen Betrachtern auch heute noch Irritationen auslöst.

Plötzlich ertönt die Haustürklingel. Besuch? Nun, der wird wohl hinten herumkommen, schließlich ist überall offen. Nach dem dritten Schellen ist es wieder ruhig. Dennoch geht er irgendwann neugierig durchs Haus, und als er den Flur betritt, traut er seinen Augen nicht: Dort steht Veronika Vollmann, seine ehemalige Galeristin, die er jahrelang nicht gesehen hat, wie immer eine auffällige Erscheinung, diesmal mit leuchtend roten Lippen, onduliertem blonden Haar, Minirock und schwarzer Strumpfhose sowie mit Mantel und Schuhen in der Farbe der angemalten Lippen. Neben ihr stehen drei Männer, die wie russische Oligarchen aussehen. Sekunden nach der Vorstellung der Besucher durch die Galeristin weiß Viktor, dass es sich bei ihnen tatsächlich um Millionäre aus Sankt Petersburg handelt.

„Du hast doch Silvester immer ‚open house', lieber Viktor", sagt Veronika lächelnd. „Oder gibt es diese Tradition nicht mehr? Meine Freunde wollten sich mal bei dir umschauen."

Längst durchstöbern die Eindringlinge seine Ateliers, zeigen mit dem Finger mehrfach auf die Wand und mustern die Skulpturen im Garten. Auf Wunsch öffnet Viktor, immer noch etwas überrumpelt, missmutig sogar ein paar seiner Schubladen. Ein großes Murmeln setzt ein, ein paar Brocken Russisch versteht er, sie wollen offenbar mehrere Bilder kaufen, für sich und auch für die Paläste ihrer Kinder. Das Gesicht der Galeristin wird immer entspannter, und sie zieht Viktor zur Seite: „Also, sie wollen fünf Skulpturen, vier Bilder von den Wänden und acht aus den Schubladen. Ich habe ihnen gesagt, dass deine Arbeiten in den kommenden Jahren eine erhebliche Wertsteigerung erfahren dürften. Einer von ihnen würde noch mehr Bilder nehmen, wenn du sie noch signierst. Das dürfte ja kein Problem sein, oder? Für mich 60 Prozent, der Rest ist für dich."

Viktor verdreht genervt die Augen. Noch nie hat er ein Werk verkauft, das er bei sich im Haus aufgehängt hat. Gut, er hat schon mal in Anlehnung an das bestehende Bild ein neues angefertigt. Auch bei den Skulpturen lässt er sich nicht ausrauben, bestenfalls macht er neue Güsse, wenn Leute richtig herumnerven. Doch wenn jemand – wie diese Banausen – die Kunst ausschließlich als Geldanlage sieht, ist ihm das absolut zuwider. Die Galeristin müsste das wissen, denn genau aus diesem Grund haben sie vor vier Jahren ihre Zusammenarbeit beendet. Ihr war das zu unprofessionell, ihm zu kommerziell.

So langsam erringt er seine Fassung zurück. „Ich muss erst einmal darüber nachdenken. Vielleicht können wir in ein paar Wochen darüber sprechen", sagt er.

Doch Veronika lässt nicht locker: „Meine Freunde sind nur noch bis morgen in Deutschland. Es geht also nur jetzt, und wenn ich mich so umschaue, verstehe ich auch nicht, wo das Problem sein sollte, das Geschäft nicht jetzt zu beschließen."

Die Russen wühlen weiter in seinen Schränken, und Viktor sieht langsam rot. Es reicht ihm, er drängt Veronika ziemlich rabiat aus dem Atelier. „Ich möchte diesen Menschen nichts, aber auch gar nichts verkaufen", sagt er. „Und komm bitte nie wieder!" Dann gibt er auch den Russen klar zu verstehen, dass die Besichtigung zu Ende ist. Sie klammern sich an ein paar Kunstwerken fest, einer hält seine goldene Visa-Card in die Höhe, aber Viktor reißt ihnen seine Bilder aus der Hand und schiebt die verdatterten Russen mitsamt der Galeristin zur Haustür hinaus. Wenig später drehen ein Rolls Royce und ein Mercedes unverrichteter Dinge ab.

In der Zeit danach kann Viktor erst einmal keinen klaren Gedanken fassen. Fast hätten diese Menschen, die nichts von dem verstehen, was er mit seiner Kunst ausdrücken will, sein Haus leergeräumt. Viktor trinkt ein Glas Wasser. Eigentlich, denkt er, hätte er etwas Geld schon ganz gut gebrauchen können, schließlich wird er bald Opa, und Martina möchte ihrer in München lebenden Tochter gern etwas schenken.

Etwas später kommen die nächsten Silvester-Besucher. Ein paar Kinder vom Nachbarhof rennen zwischen seinen Hühnern herum und plötzlich steht auch sie vor ihm: Lena, seine Meisterschülerin aus dem ersten Examens-Jahrgang 1989. Sie hat sich in Erlangen als Grafikerin und Illustratorin selbstständig gemacht – und leider ihren langweiligen Mann mitgebracht. Aus Nürnberg erreichen wenig später weitere Ex-Studentinnen sein Gehöft. Viktor erzählt die unglaubliche Geschichte von den Russen, die seine Gemälde, Fotos, Collagen, Skulpturen und Installationen kaufen wollten. Ohne Not übertreibt er ein bisschen, behauptet, sie hätten sämtliche Werke von ihm haben wollen, erste Arbeiten schon in ihre Autos gepackt, bündelweise mit

Scheinen gewedelt und ihm Prügel angedroht, als er nicht verkaufen wollte. Nebenbei entwirft Viktor gleich ein paar Ideen für neue Projekte, die er schon bald umsetzen will.

Lena, die schon während des Studiums einen Putzfimmel hatte, und, das muss er eingestehen, die meisten seiner Geschichten schon kennt, hat sich doch tatsächlich in der Zwischenzeit einen Lappen gesucht und blitzschnell die Erdklumpen im Flur entfernt. Sie nutzt die Gelegenheit, um die dort stehenden, von Viktor selbst gebauten Musikinstrumente gleich mal ordentlich abzustauben. Viktor fasst sich an den Kopf.

Danach laufen alle gemeinsam durch den Garten, und er zeigt den Besuchern seine Blockhütte mit dem Buch, in das Gäste ihre künstlerischen Ideen oder andere verrückte Sachen schreiben sollen. Wieder notiert Carlo, Lenas total öder Ehemann, elf mystische Namen, darunter mehrere fremdländisch klingende, in das Buch. Das hat er schon mal gemacht, und vielleicht ist er gar nicht so flach, wie Viktor immer denkt. Niemand kann sich die geheimnisvolle Namensfolge erklären, bis schließlich der 13-jährige Sohn eines Schreiners aus der Nachbarschaft aufschreit: „Geil, das ist ja die Mannschaftsaufstellung des 1. FC Nürnberg."

Längst ist es dunkel geworden, und die Gäste essen und trinken. An der Küchenwand kleben ein paar Nudeln, die Viktor dorthin geworfen hat, um die drohende Monotonie des Essens zu durchbrechen. Noch einmal führt er die Gruppe nach draußen – „Essen könnt ihr doch immer noch" – und mit einer Fackel leitet er die Gruppe ins Feld neben seinem Haus. Gleich ist es Mitternacht. Viktor hat ein bengalisches Feuer vorbereitet und will das Spektakel auch fotografisch festhalten. Wieso fällt ihm ausgerechnet jetzt der blöde Russe ein, der ihm mehrfach „20.000 Euro" zugerufen hat, als er eine fast schon übermalte und, wenn er ehrlich ist, eigentlich recht langweilige Zeichnung aus den 90er Jahren aus einer der Schubladen hochhielt. Doch was soll er sich jetzt damit beschäftigen, denkt Viktor und zündet das Feuerspektakel, das ihm allerdings umgehend außer Kontrolle gerät. Wenig später stehen ein Schuppen und ein Gartenzaun des Nachbarn in Flammen. Auf die zweifelnden Gesichter der anderen hin stellt Viktor fest: „Der Bauer findet das gut!"

Als die mit fünf großen Wagen angerückte Feuerwehr den Brand gelöscht hat, gehen alle wieder rein. Lena entdeckt noch eine Flasche Sekt im Kühlschrank und schlägt vor, auf das neue Jahr anzustoßen. Alle nehmen sich Gläser, und Lena füllt sie. Als sie anstoßen wollen, ist Viktor verschwunden. Er taucht den ganzen Abend nicht mehr auf, und irgendwann verlassen die Gäste geschlossen das Gehöft des Meisters. Als das letzte Motorengeräusch verklungen ist, kehrt Viktor leise in das Haus zurück und schüttet sich einen Schluck Sekt ein. Zuletzt hat er Milch aus dem Glas getrunken, und so sieht der Sekt ziemlich beschissen aus. Doch das ist ihm selbstredend völlig egal, und im Stillen prostet er sich selbst zu: „Das wird ein richtig kreatives Jahr, das spüre ich."

Unkonzentriert trinkt er sein Glas leer, als Martina zur Tür hereinkommt. Seine Frau hat mit Freundinnen Silvester gefeiert, und Viktor hat gar nicht mitbekommen, dass sie den ganzen Abend über weg war. „Prost Neujahr", sagt sie und hält ein Glas Mineralwasser in der Hand.

Das neue Jahr kann kommen. Es wird gut werden.

Der Lohn für den Auftrag

Das Brandenburger Tor war endlich in Sichtweite. Ahmed schwitzte, es war warm, aber das war nicht der Grund. Es war sein Auftrag, der ihn nervös machte.

Er hatte ganz bewusst nicht die U-Bahn genommen, das erschien ihm irgendwie zu auffällig wegen der vielen Kameras auf den Bahnsteigen. Zum Glück hielt auch der Bus ganz in der Nähe, etwas mühsam quetschte sich Ahmed hinaus und setzte sich zu Fuß in Bewegung.

Die seltsamsten Gedanken schossen ihm durch den Kopf, er dachte an seine Mutter, an die Geschwister und Freunde. Die Kumpel im Fußballverein, die Kommilitonen. Würden sie ihn verstehen? Umgehend versuchte er, alle aufkommenden Zweifel zu verdrängen. Wie hatte sein Kontaktmann ihn gestern zum allerletzten Mal auf die Sache eingeschworen? „Sie alle hassen den Islam", hatte er gesagt. „Sie hassen uns Muslime. Ausnahmslos. Aber wir werden es den Ungläubigen zeigen. Du wirst es ihnen zeigen."

Bis ins letzte Detail hatten sie alles durchgesprochen. Er wusste, was zu tun war. Mit der rechten Hand prüfte er noch einmal, ob alles richtig saß, und vor allem, dass niemand den Sprengstoffgürtel sehen konnte, den er um seinen Bauch gebunden hatte. Ahmed wischte sich mit der Hand über die Stirn, er schwitzte immer stärker, die Nervosität nahm überhand. Sein Herz klopfte laut, er konnte es bis in die Schläfen spüren.

Jetzt nur nicht auffallen. Er passierte das Brandenburger Tor, schlängelte sich durch die Menschenmassen, seine Knie wurden weich, lange konnte er nicht mehr warten. Für einen kurzen Moment überlegte er, umzudrehen, doch mit sehr viel Anstrengung gelang es ihm, ans Paradies zu denken. Er näherte sich einer mittelgroßen Reisegruppe, der Leiter streckte mit der rechten Hand ein Fähnchen in die Luft. Ahmed stellte sich möglichst nah und möglichst unauffällig neben die Gruppe und tat so, als würde er den Worten des Stadtführers lauschen.

Als er den Zünder auslöste, sah er für einen kurzen Moment seine Mutter vor sich. Dann erschien eine helle Stichflamme, bis es einen Bruchteil später ganz düster wurde.

Die zerrissene und halbverkohlte Leiche lag inmitten der schreienden Verletzten und der panischen Passanten und wartete auf die 72 Jungfrauen. Doch nichts passierte.

... als es klingelt

Die Vorfreude bei ihm ist riesig, wie wohl bei allen in der Familie. Denn jedes Jahr geben sie alle sich wirklich sehr viel Mühe, Weihnachten zu einem besonderen Fest zu machen. Nach dem Frühstück hat er erst einmal eine Stunde lang Zeitung gelesen und dann die Tanne im Wohnzimmer mit ein paar Kugeln und Süßigkeiten geschmückt. Er genießt die Atmosphäre an Heiligabend, jetzt, wo die Kinder schon auf dem Weg sind und sie bald alle zusammensitzen werden.

Nachher wird es sein wie immer in den vergangenen Jahren: unendlich viele Geschenke unter dem Weihnachtsbaum, ein üppiges Abendessen, gelöste Stimmung. Immer sie vier, neben ihm seine Frau Heike und die inzwischen erwachsenen Kinder Jonas und Laura[1]. Andreas hat Gefallen an der Zeremonie gefunden.

Sein Handy vibriert kurz. Eine WhatsApp-Nachricht an die Familiengruppe. Jonas. Seinem Sohn ging es nicht so gut zuletzt. Bisschen sehr viel getrunken, so lange, bis der Krankenwagen ihn in die Klinik brachte. „Hab mir überlegt, dass ich lieber mit den Ex-Alkis feiere", schreibt er. „Die verstehen mich sowieso besser als ihr. Und ihr braucht meine Launen nicht zu ertragen."

Andreas spürt einen Schlag ins Gesicht.

---

[1]   Wem diese Namen bekannt vorkommen, der hat völlig Recht. Es handelt sich um die Familie des Andreas Appelhoff aus dem Roman „Humboldtstraße Zwei", einem Familienroman über mehrere Generationen in der Zeit zwischen 1934 bis 2014. Harald Gesterkamp: Humboldtstraße Zwei, Verlag Tredition, Hamburg, 19,99 Euro.

„Was soll das denn jetzt?", fragt Laura umgehend. „Ich dachte, das ist ein Familienfest. Ich sitze schon im Zug von Heidelberg und dann so was." Es folgen mehrere traurige Smileys und ein wütendes Gesicht.

Wenige Sekunden später wieder Laura: „Fahre dann lieber spontan weiter nach Kiel zu Oles Familie. Wollte immer schon mal so richtig mit Kirche, Weihnachtsliedern und Krippe feiern."

Diesmal ist es ein Tritt in den Bauch.

Andreas liest die Nachricht noch einmal. Mit Kirche und Krippe feiern? Bisher hatte seine Tochter überhaupt keinen Draht zur Religion. Und gerade ihr war doch Familie zu Weihnachen immer ganz besonders wichtig gewesen. Jetzt fährt sie mal eben weiter, um mit der christlich-fundamentalistischen Familie ihres neuen Freundes zusammenzusitzen? Kaum zu glauben. Und Jonas? Der ist im Prinzip nicht zu stoppen, wenn er sich etwas in den Kopf setzt.

„Spinnt ihr jetzt beide? Ich habe schon den Baum geschmückt", schreibt Andreas in die Runde und schickt, um sie vielleicht doch noch umzustimmen, zum Beweis ein Foto mit.

Schweigen auf allen Kanälen.

Eine Stunde später meldet sich auch Heike, die auf irgendeinem Glühweinstand des Bad Godesberger Weihnachtsmarkts „abglüht", wie sie es nennt. Was für ein bekloppter Ausdruck, denkt er.

„Wenn es dabei bleibt, soll es mir recht sein. Hab eh keine Lust zu kochen. Gehe dann direkt zum Kunstverein. Ist eigentlich viel besser als Familie dort, wenn ich darüber nachdenke. Allen ein frohes Fest!"

Ein Peitschenhieb mit voller Wucht auf den Rücken.

Heike meint es ernst, das spürt er sofort. Sie macht keine Witze in diesen Dingen. Dreimal versucht er trotzdem, sie am Telefon umzustimmen – vergeblich. Sie wirkt leicht angetrunken. Er könne doch auch zum Kunstverein kommen, sagt sie schließlich. Die Einladung im vierten Gespräch kommt ziemlich gequält rüber. Als wolle sie lieber allein feiern. Es war wohl alles etwas viel zuletzt, vor allem mit Jonas.

Er würde also allein bleiben, denkt Andreas, nun gut.

Früher war Weihnachten überhaupt nicht sein Ding. Als Student war er gern allein an Heiligabend, hat gelesen und die Ruhe genossen. Seitdem er ausgezogen war, spielten seine Eltern an diesem Tag keine Rolle mehr. Ein Kurzbesuch an einem der Feiertage reichte völlig. Geschenke austauschen, Essen, ein bisschen reden – fertig.

Mit der Gründung der eigenen Familie und vor allem seit dem Kauf des Hauses im Bonner Stadtteil Friesdorf wurde der Zusammenhalt im eigenen Heim bedeutsamer – und damit auch Weihnachten traditioneller.

Dieses Jahr also nicht. Andreas schaltet sein Mobiltelefon aus. Digitale Kommunikation wird bei der Art Fest, die mir bevorsteht, ganz bestimmt nicht gebraucht, denkt er. Auf WhatsApp-Nachrichten mit ‚Frohe Weihnachten' als Text und einem Tannenbaum-Emoji hat er jedenfalls keine Lust.

Er geht quer durchs Wohnzimmer zur Musikanlage und legt eine Langspielplatte aus alten Tagen auf, aus sehr alten Tagen – er war gerade 14, als „Never Mind The Bollocks" von den Sex Pistols erschien. Es darf laut sein, und er öffnet eine Flasche Wein dazu. Bier wäre natürlich stilechter, aber so genau will er es nicht nehmen. Die Bässe brummen, und Johnny Rotten schreit ihn an. So freundet sich Andreas schnell mit dem Gedanken an, allein zu feiern, auszubrechen aus dem Trott.

Wie früher, denkt er und muss dabei schmunzeln. Wenig später fliegt der Weihnachtsbaum in hohem Bogen auf die Terrasse, ist doch überflüssiger Scheiß. So langsam kommt er auf den Geschmack, holt ein Buch und liest entspannt bei einem Glas Wein.

Danach kocht er für sich ein vegetarisches Menü und isst allein am Tisch, es ist ein bisschen wie damals in Studententagen, anschließend taucht er, im Schaukelstuhl sitzend, in sein Buch ab, nicht schlecht, wie der Autor die heutige Beziehung zu seiner Jugendliebe beschreibt, denkt er, bestimmt gehen die gleich noch ins Bett, aber das wäre ziemlich platt, mal sehen, er freut sich auf den Fortgang der Geschichte, füllt noch etwas Wein nach – als es klingelt.

Werner steht vor der Tür, der Nachbar von nebenan, ein alteingesessener Friesdorfer, der hier nie weggekommen ist, fast jeden hier kennt und viele Jahre im Bundesjustizministerium gearbeitet hat. Andreas sieht, dass Werner eine Flasche Rotwein unterm Arm hält und lächelt, etwas kompliziert nuschelt sein Nachbar etwas von Musik gehört und gedacht, vielleicht kann ich mal vorbeischauen – seit wann hört Werner freiwillig Sex Pistols? Dann erklärt er weiter, dass die Frau schon schlafe, sie sei angeschlagen, die Wintergrippe und so.

Also gut. Weihnachten mit Werner. Andreas macht eine einladende Geste.

Werner begibt sich ins Wohnzimmer, er ist seit einem halben Jahr pensioniert, doch trotz seiner vermutlich üppigen Altersbezüge ist sein Anzug etwas speckig und seine Haare liegen fettig auf der Kopfhaut. Er lässt sich etwas gehen, denkt Andreas, macht aus Rücksicht die Musik erst leiser und legt dann lieber die Blaue von den Beatles auf.

„Auch allein?", fragt Werner.

„Jepp." Mehr erzählt er nicht.

Werners Blick fällt auf die Zeitung und sie reden über Syrien, Werner findet es richtig, was die Russen machen, die Luftangriffe auf Stellungen der Opposition und die Unterstützung von Assad, nur so könne dieser Konflikt jemals beendet werden, sagt er, sie verstricken sich in eine längere Diskussion, Andreas argumentiert engagiert mit Menschenrechten, schon vor dem Bürgerkrieg seien Andersdenkende in Syrien willkürlich inhaftiert worden, und dieses Regime müsse man nun wahrlich nicht verteidigen, weiß er, denn er ist seit vielen Jahren bei Amnesty International engagiert, aber Werner ist stur und lässt sich von seiner Position nicht abbringen, gerade wiederholt er sein Loblied auf Putin – als es klingelt.

Silke und Max, die Nachbarn von gegenüber, beide Mitte 30, Rheinländer und unkompliziert fröhlich. Er ist angestellt bei der Deutschen Post und berichtet immer sehr stolz von seinem Ausblick aus dem Büro im 18. Stock des Posttowers, sie ist beruflich entwicklungspolitisch und ansonsten vor allem im Karneval unterwegs. Unterm Arm haben beide eine Flasche Wein, was Andreas besonders erfreut: „Kommt rein, Werner ist auch schon hier. Ich brauche Verstärkung, er ist wieder auf Moskau-Kurs."

Das Feuer der Diskussion ist aber erloschen, und so holt Max schon nach kurzer Zeit Spielkarten aus seiner Hosentasche. „Lust auf Skat?", fragt er und ohne auf eine Antwort zu warten, fängt er an zu mischen. „Wer gibt, setzt aus, kann Wein holen oder aufs Klo gehen."

Grand ohne Zwei, Null Ouvert, Karo-Solo, sie lachen viel, die Stimmung ist ausgelassen, der Wein fließt ordentlich, gut, dass ich vorgestern noch nachgekauft habe, denkt Andreas, als er die nächste Flasche aufmacht, er schenkt wieder ein, sie stoßen an, freuen sich gemeinsam über das gelungenste Weihnachtsfest seit vielen Jahren – als es klingelt.

„Das ist jetzt aber doof", meint Max und alle prusten los. „Es ist gerade so schön hier mit uns vieren. Und noch einen Mitspieler brauchen wir nicht." Andreas schleicht sich im Dunkeln ans Küchenfenster und sieht Birgit und Christoph vor der Tür, auch sie wohnen nicht weit von hier, haben aber keinen Wein unterm Arm. Ein kinderloses Lehrerpärchen, das gern alles problematisiert, vor allem da, wo es nichts zu problematisieren gibt, kurz, sie sind nicht gerade die Beliebtesten im Viertel. Ein kurzes Flüstern – „Birgit und Christoph" – und ein Blickkontakt zu den anderen reichen, niemand will es jetzt kompliziert haben, und jedem ist stillschweigend klar, dass keiner die Tür öffnen wird. Andreas mischt die Karten und gibt, Werner öffnet einen weiteren Rotwein.

„Mach doch mal die Musik lauter", sagt Silke wenig später und wuschelt ihrem Max durchs Haar. Andreas findet die Idee hervorragend.

„Wer ist dran mit Reizen?", fragt Werner.

Drei Freunde

Er würde zum ersten Mal in seinem Leben zu einem Klassentreffen fahren. 30 Jahre Abitur, fand Jörg, waren Anlass genug, seine Vorbehalte gegen solche Veranstaltungen zu überwinden. Bisher hatte er die Rundbriefe und Rundmails seiner Klassenkameraden und Mitabiturienten stets ignoriert, die anschließend herumgeschickten Fotos waren meist peinlich unscharf, und eigentlich waren darauf vor allem Biergläser zu sehen gewesen, was ihn in seiner Haltung bestärkt hatte. Doch in eineinhalb Jahren würde er 50, und zuletzt war ihm schon mehrfach aufgefallen, dass er anfing, etwas wehmütig auf sein bisheriges Leben zurückzuschauen.

Jörg war nach der Grundschule auf ein reines Jungengymnasium gegangen, eines von nur noch wenigen im Köln der frühen 80er Jahre. Mädchen waren somit bei vielen seiner Mitschüler kein Teil ihres Lebens, auch wenn das nach außen spätestens in der Pubertät natürlich niemand zugab. Weil es in der Schule keine Mädchen gab, waren sie im Umgang mit dem anderen Geschlecht nicht sonderlich geübt, aber Sprüche über ihre Aufreißerqualitäten hatten einige schon drauf gehabt, er selbst natürlich auch.

In diesen Jahren spielten Männlichkeitsrituale eine große Rolle in seiner Klasse, er hatte sich mehrmals bei Prügeleien eine blutige Nase geholt, aber seine Gegenüber sahen auch nicht besser aus nach den Kämpfen auf dem Schulhof. Früh hatten einige damit begonnen, viel zu viel Bier zu trinken. Zumindest in dem Drittel der Klasse, in dem er sich aufhielt. Sie waren die Coolen. Daneben gab es noch ein Drittel Brave, die immerzu lernten, und ein Drittel Langweilige, die unauffällig durch das Schulleben geisterten.

In seiner Straße lebten drei Jungs aus seiner Klasse. Neben ihm waren das Peter und Michael. Sie waren genau den anderen Dritteln zuzuordnen: Peter den Braven, Michael den Durchschnittlichen. Trotzdem waren sie Freunde.

Und genau sie wollte er gerne mal wieder treffen, denn den Kontakt hatten sie schon kurz nach der Schule verloren. Peter und Michael waren zur Bundeswehr einberufen worden, er selbst war nach Berlin gegangen, um nicht gezogen zu werden. Dort hatte er das Leben ausgekostet, lange studiert, ohne zu wissen, was er aus seinem Leben machen wollte, und war mit vielen Frauen ins Bett gestiegen. Bis heute wollte er sich nicht in einer Partnerschaft fesseln lassen. Auch wenn er mal mit einer Frau länger zusammen war, gab es regelmäßig weitere Affären. Ein anderes Leben konnte er sich nicht vorstellen, dafür glaubte er einfach nicht geschaffen zu sein.

Was aus Andreas und Peter in den vergangenen Jahren geworden war, wusste er nicht. Er suchte die Mail mit der Einladung zum Klassentreffen heraus, kopierte sich aus dem Adressfeld die gesuchten Adressen seiner früheren Freunde und schrieb beiden, dass er in diesem Jahr erstmalig zum Klassentreffen kommen werde und sich freue, sie wiederzusehen.

Danach schrieb er eine WhatsApp-Nachricht an Lisa, ob sie nicht Lust habe, ihn zu treffen, der Wein sei schon bereitgestellt. Es würde ein schöner Abend, dachte Jörg, als sie umgehend mit einem fröhlichen Smiley antwortete.

* * * * *

Als Peter die Einladung zum Klassentreffen erhalten hatte, hatte er seiner Frau Gaby davon berichtet und den Termin handschriftlich in den gemeinsamen Kalender eingetragen, der jedes Jahr an derselben Stelle in der Küche hing. Sie würde zwar nicht mitkommen nach Köln, aber sie sollte frühzeitig über all seine Vorhaben unterrichtet sein. Für ihn war das Klassentreffen ein Pflichttermin, er liebte Traditionen, und das Wiedersehen mit den alten Schulfreunden gehörte da jedes Jahr dazu.

Gaby und er hatten sich schon als Kinder über ihre Eltern in der freikirchlichen Gemeinde kennengelernt, und als er 21 Jahre alt war, hatten sie geheiratet. Gaby war seine große und einzige Liebe. Zehn Monate nach der Hochzeit waren die Zwillinge Barbara und Markus auf die Welt gekommen, etwa im Jahresrhythmus danach ihre Brüder Nils, Adrian und Johannes und schließlich Maria, die wegen ihrer Behinderung leider nur wenige Worte sprechen konnte, aber ein besonders liebenswertes Geschöpf Gottes war.

Als Peter die Mail von Jörg öffnete, war er überrascht und auf eine etwas seltsame Weise auch beunruhigt. Jörg war immer der Wilde und der Draufgänger auf der Straße gewesen. Es war absehbar, dass Jörg über Peters Art zu leben – mit Familie, sechs Kindern und einem aktiven Gemeindeleben – mit Spott herziehen würde. Aber Jesus würde ihm helfen, die Begegnung mit Jörg schadlos zu überstehen, selbst wenn der Andeutungen über das Geheimnis zwischen ihnen machen würde.

* * * * *

Michael öffnete die Mail sofort, als sein Programm den Eingang signalisierte. Dass Jörg ihm schrieb, verwunderte auch ihn. Er hatte früher zu Jörg immer hochgeschaut, denn der war wegen seiner unkompliziert rheinischen Art, auf andere Menschen zuzugehen und mit ihnen ins Gespräch zu kommen, so etwas wie ein Vorbild gewesen. Michael selbst konnte das nicht so gut, sondern hatte es mühsam lernen müssen, ohne es wirklich zu beherrschen. Zu Small Talk musste er sich immer noch zwingen, während andere völlig mühelos irgendwelche Gespräche über Alltagsthemen lostreten konnten.

Auch sonst hatte er Jörg gut gefunden, denn sein Freund sah schon als Jugendlicher immer verteufelt gut aus.

Das Klassentreffen nahm Michael regelmäßig wahr. Er war nach Schule und Studium in Köln geblieben, und der kurze Weg zu seiner alten Schule nahm ihm die Entscheidung über eine Teilnahme fast von allein ab. Wäre er damals wie Jörg nach Berlin gegangen, würde er vermutlich nicht jedes Jahr kommen, aber so stellte sich die Frage nicht.

Nun wollte Jörg also tatsächlich mal zum Klassentreffen anreisen. Zu schade, dass der blöde Kerl, zumindest soweit die vielen früheren Liebschaften Jörgs mit Mädchen darauf schließen ließen, stockhetero war, sonst hätte sich im Laufe des Abends was ergeben können.

Michael hatte Jahre gebraucht, um sich sein Schwulsein einzugestehen. Lange Zeit war er als Student mit Ines zusammen gewesen, die er in einem Tanzkurs kennengelernt hatte, sie hatten sogar geheiratet, obwohl er monatelang davor spürte, dass er anders war. Doch er traute sich nicht, die Hochzeit abzusagen. Einige Wochen nach der Hochzeit betrat er endlich erstmals das Schwulenzentrum, das er zuvor immer mal mit Interesse beobachtet, in das er sich aber nicht hineingetraut hatte.

Unvorstellbar aus heutiger Sicht, aber er hatte einfach den Mut nicht gehabt und auch Angst, dass ihn womöglich jemand im „Schulz" sehen konnte. Die Ehe wurde dann schnell wieder geschieden, und jetzt lebte er nach Beziehungen mit Jens und Mattes mit Lothar zusammen.

Michael klickte auf „Antworten" und schrieb Jörg, dass er sich freue, ihn wiederzusehen. Damit sie sich sofort erkennen könnten, schickte er ein Bild von sich mit, eins, auf dem seine blonden Strähnchen besondern hell leuchteten.

* * * * *

Sie waren zehn Jahre alt, als sie es das erste Mal machten. Beim Toben in Michaels Zimmer versuchte Jörg, spaßeshalber den anderen auf die Eier zu schlagen. Das ließen sich Peter und Michael natürlich nicht gefallen, und so entwickelten sich wilde Kämpfchen, bis sie sich alle erschöpft auf den Boden fallen ließen.

Michael öffnete seine Jeans. „Au, der eine Schlag hat richtig wehgetan", machte er Jörg Vorwürfe und lockerte seine Unterhose, damit er sich von dem Schmerz erholen konnte.

„Zeig mal mehr", meinte Jörg und sie lachten. Dabei blieb es – diesmal.

Denn solche Treffen wiederholten sich, und irgendwann standen sie alle drei nackt vor dem Spiegel und verglichen die Größe ihrer steifen Schwänze. Michael holte ein Lineal für das Lattenmessen.

Als sie 13 oder 14 Jahre alt waren und sich vergewissert hatten, dass wirklich allen Schamhaare gewachsen waren, hörten sie damit auf. Irgendwie war es peinlich geworden.

* * * * *

Jörg verließ den ICE am Kölner Hauptbahnhof und nahm die Straßenbahn, um nach Sülz zu kommen. Er war lange nicht mehr hier gewesen, seine Eltern waren früh gestorben, so dass ihn nichts mehr mit Köln verband. Im Veedel lief er erst einmal ein bisschen herum, bevor er auf den Schulhof einbog. Dort traf man sich zuerst in der gewohnten Umgebung, anschließend sollte es noch ins Sülzer Brauhaus gehen.

In der Aula standen etwa 25 Männer mittleren Alters herum, viele übergewichtig, einige mit Glatze, andere grau geworden. Manche Gesichter erkannte Jörg wieder, nickte daraufhin dem einen oder anderen zu. Schließlich stieß er auf Michael, der sich mehr oder weniger engagiert mit einem anderen Mann unterhielt.

„Mensch, Jörg, da bist du ja. Du siehst ja fast noch so aus wie früher." Jörg hatte kaum zugelegt, war immer noch sehr sportlich. Das erwarteten seine Frauenbekanntschaften von ihm, und dafür trainierte er regelmäßig.

Jörg lächelte. „Man tut, was man kann. Grüß dich, was geht?"

Er betrachtete Michael, der einen jugendlichen Haarschnitt trug, dessen Gesicht aber schon die eine oder andere Falte zierte.

„Alles gut. Das ist übrigens Peter."

Jörg schaute überrascht Michaels Gegenüber an. Erst jetzt, wo er wusste, wen er vor sich hatte, stellte er Ähnlichkeiten mit dem Peter fest, den er aus Schulzeiten kannte. Er blickte auf eine steife Erscheinung mit unscheinbaren, biederen Klamotten, die Figur unsportlich, und sein spießiger Seitenscheitel war irgendwie aus der Zeit gefallen. Die Haut in Peters Gesicht war gerötet, er wirkte angespannt. Sachbearbeiter auf dem Einwohnermeldeamt, tippte Jörg.

„Hallo", meinte Jörg, „toll, dich zu sehen." Peter hielt ihm die Hand hin, und etwas unbeholfen begrüßten sie sich. Der Händedruck Peters war schlaff, und seine Finger fühlten sich feucht wie ein Frosch an.

Jörgs Vorbehalte gegen Klassentreffen kamen wieder hoch. Er hätte in Berlin mit Melanie einen schönen Abend im Kino verbringen können, dachte er. Und danach wäre bestimmt noch mehr daraus geworden. Stattdessen hampelte er hier mit unsäglichen Typen wie Peter herum.

„Und was machst du so", fragte er, weil Peter den Mund nicht aufbekam. „Verheiratet?"

„Ja, natürlich, schon lange. Sechs Kinder. Ich arbeite in Neuss bei der Stadtverwaltung".

Bestimmt wirklich im Einwohnermeldeamt, dachte Jörg, sagte es aber nicht laut. „Und kommst du regelmäßig zu den Klassentreffen?"

„Ja, es ist nicht weit von Neuss nach Köln." Jörg sah Peter an, der etwas verkrampft lächelte. Das sollte sein Freund von früher sein? An seinem Hals baumelte ein Kreuz.

„Du glaubst an Gott", fragte Jörg etwas spöttisch und zeigte auf das Kreuz.

Peter errötete. „Ja. Gott hat mir schon in vielen schwierigen Situationen geholfen. Das hört sich für dich vielleicht doof an, aber es stimmt."

„Ok." Jörg wusste nicht, was er darauf antworten sollte, ohne zynisch zu werden oder Streit zu provozieren, und so wandte er sich Michael zu, den er besser zu verstehen glaubte: „Sag mal, was hat uns eigentlich früher verbunden?"

Michael lachte: „Na, die geheimen Treffen in meinem Zimmer zum Beispiel."

Peter wurde schon wieder rot, sagte aber nichts.

„Was meinst du?", fragte Jörg.

„Also, du wirst dich doch erinnern. Wir haben uns erst geneckt und dann ausgezogen. Es war toll."

„Echt? Wo du es sagst, erinnere ich mich vage. Waren auch Mädchen dabei?", fragte Jörg. In Wahrheit wusste er natürlich, dass er damals mit Michael und Peter allein war. Er hatte schon lange nicht mehr daran gedacht und fand das Bild in seiner Erinnerung total lächerlich.

„Natürlich nicht", meinte Michael. „Ich habe auch keine Mädchen gebraucht. Mich hat das geprägt, das kannst du mir glauben."

Jörg sah Michael an. Klar, der war schwul, das sah man aus 50 Meter Entfernung.

Und Peter? Er schaute seinen Mitschüler fragend an.

„Ich will davon nichts wissen. Ich habe es gebeichtet und Gott hat mir verziehen."

Jörg reichte es. Er ging ins Hotel und rief Melanie an.

Wir machen Wellness

Warum kann der Typ nicht einfach die Klappe halten?

Schon in der Sauna hat er ohne Ende auf seine Freundin einge-quatscht, über seine Begegnungen mit Elchen in Finnland und Massa-gen in Thailand und so weiter, und jetzt haben sie sich gerade erst hingesetzt zum Abendmenü, und er setzt seine Monologe nahtlos fort. Er dürfte kurz davor sein, die 50 zu überschreiten, weißes Hemd und nach hinten gekämmte, für meinen Geschmack und ehrlich gesagt auch für sein Alter etwas zu lange Haare, dazu trägt er ein sündhaft teures Sakko. Seine Begleiterin, die bestimmt 15 Jahre jünger ist als er, sieht, wenn man genau hinschaut, etwas gelangweilt aus, wobei sie, das muss ich zugeben, die Situation mit Fassung trägt. Ich wäre längst aufgesprungen und gegangen.

„Mir fehlt die Ästhetik in Daniel Richters Werk, und der politische Diskurs ist doch ziemlich einseitig", doziert er gerade. Seitdem sie Platz genommen haben, hat er noch nicht einen Augenblick geschwie-gen. Jetzt ist gerade die zeitgenössische Malerei sein Thema, und wenn man ihm zuhört – und das muss ich leider, weil er sozusagen neben mir sitzt –, dann kennt er jeden halbwegs bedeutenden Galeris-ten zwischen New York, Paris, Köln, Dubai und Shanghai.

Das wichtigtuerische Geschwätz ist kaum auszuhalten, und meine flache Hand will am liebsten mitten in sein Gesicht schlagen, aber ich reiße mich zusammen und sage nichts. Dabei macht er hier alles ka-putt, denn bis zu seinem Auftauchen war alles stimmig. Das Bes-te-Freundinnen-machen-gemeinsam-Wellness-Wochenende, das Ma-rion und ich uns auch in diesem Jahr einfach mal wieder gönnen mussten, hat perfekt begonnen. In den wunderschön gestalteten Saunen und Ruheräumen hier im Taunus-Spa kam die Entspannung ganz von allein, auch wenn neben der finnischen Sauna gerade ein zusätzlicher Wintergarten gebaut wird, was hin und wieder zu etwas Lärm führt, auf den ich gern verzichtet hätte. Aber in der Weitläufigkeit der Anlage können wir dem entkommen.

Den Rahmen perfekt machen die kleine, aber feine Schwimmhalle und auch das neue Buch von Sibylle Berg, das mich gleich in seinen Bann gezogen hat, als ich auf der Liege im Ruheraum – eigentlich ist es eher ein Bett – die ersten Seiten aufgeschlagen habe. Der Alltag war schon nach einigen Stunden ganz weit weg. Und weil Mister Labertasche, der Kenner der Elche und der Malerei, schließlich nur beim letzten Saunagang gemeinsam mit uns schwitzte, war er gerade noch auszuhalten gewesen. Und jetzt das Restaurant, das mit seinem uralten runden Steingewölbe noch schöner aussieht als auf den Fotos im Internet und in unseren Köpfen das Gefühl römischer Katakomben entstehen lässt. Kerzen leuchten, der Aperitif zeigt seine erste Wirkung, so dass mein Kopf ganz leicht schwummerig wird. Das Essen sieht vielversprechend aus und taucht den ganzen Raum in einen herrlichen Duft.

Gerade wollte Marion von ihrer neuen Bekanntschaft berichten, mal sehen, ob das was wird, sie ist ja nicht so einfach, was Männer betrifft. Aber diesmal, sagte sie, diesmal habe sie ein richtig gutes Gefühl. Der Markus, der ist so lieb, so einfühlsam und gar nicht draufgängerisch, sondern vorsichtig, auch kein Dummschwätzer, sondern eher zurückhaltend. Das hat sie zwar von Carlo, Mehdi und – wie hieß der letzte noch, ach ja: Fabian – anfangs auch erzählt, aber Marion ist euphorischer als zuletzt. Bei Markus hat es sie wohl richtig erwischt, ihre Augen leuchten, als sie von ihm erzählte.

Und genau in diesem Augenblick kam dieser Typ rein und wurde an den Tisch neben uns geführt. Scheiße.

Der Kellner fragt bei ihnen die Getränkewünsche ab, und natürlich möchte er ein ganz bestimmtes Mineralwasser, aber das Haus führt die Marke nicht mehr, was zu ernsten Verstimmungen und zu langatmigen Diskussionen führt, bis schließlich die Wasserbestellung nach fünf Minuten doch noch geschafft ist. Anschließend entsteht tatsächlich ein längerer Meinungsaustausch über den vom Haus angepriesenen Prosecco. Der Meister will seine Expertise vorführen, das soll Claudia, seine Freundin, er spricht sie in jedem zweiten Satz mit Namen an, wohl beeindrucken. Demonstrativ ist er skeptisch, bis er sich, gutmütig wie er ist, dann doch auf die Empfehlung des Hauses einlässt, nicht ohne die Bemerkung zu seiner Begleiterin, als der Kellner im Begriffe ist zu gehen, dass er nicht sicher sei, ob der Aperitif seinen Ansprüchen wohl genügen werde. Sie hingegen hat, ohne lange zu überlegen, einen Aperol-Spritz bestellt. Claudia wirkt eigentlich ganz normal.

Kaum hat sich der Kellner vom Tisch entfernt, setzt Mister Labertasche die Berieselung seiner Freundin fort. Es geht um seinen neuen BMW, so viel bekomme ich mit, ja, muss ich mitbekommen, weil er nicht nur ohne Punkt und Komma, sondern auch noch sehr laut spricht.

Marion und ich werfen uns einen Blick zu, verdrehen in blinder Übereinstimmung kurz die Augen und versuchen uns wieder auf unser Gespräch zu konzentrieren. Sie erzählt weiter von Markus, doch die Leidenschaft, die vorhin noch aus jedem ihrer Worte sprudelte, ist nicht mehr spürbar. Dann kommt die Vorspeise, und wir genießen schweigend. Hoffentlich bekommt er auch bald etwas zu essen, dann dürfte es im Saal deutlich ruhiger und entspannter werden.

Unser Nachbar hat inzwischen Rotwein bestellt, jetzt darf er probieren. Allein wie er das Glas hält, macht mich aggressiv. Dann steckt er seine Kennernase ganz tief hinein, er schnauft und schmatzt, als er den guten Tropfen im ganzen Mund verteilt, um das Aroma richtig zu spüren. Der Kellner beobachtet das Schauspiel gelassen und ohne mit der Wimper zu zucken, denn, davon gehe ich aus, er kennt diese Art von Gästen nur zu gut.

„Er hallt lange nach und hat fast etwas Erdiges hinter der Frucht, dieser Trévallon Rouge. Sieh dir nur sein klares Granatrot an, Claudia. Den nehmen wir zu den frischen Périgord-Trüffeln." Der Meister kennt sich aus, und in den nächsten Minuten prasselt ein Weinvortrag wie eine Salve auf seine Begleiterin nieder. Claudia tut mir Leid, aber sie lächelt freundlich und lässt die Belehrungen über Oechsle und Barrique-Lagerung über sich ergehen. Auch ich fühle mich nach wenigen Minuten ganz gut über die Reifung des Weines im Eichenfass informiert und wie man sie geschmacklich von der durch eingerührte Holzstücke erreichten Note unterscheiden kann. Selbst beim besten Willen können wir ihn mit einem eigenen Gespräch nicht mehr übertönen.

Wir sind inzwischen beim Dessert, während unser Freund nebenan bei Geldanlagen und Steuersparmodellen angelangt ist. Es wird immer schlimmer, meine Stimmung geht gerade so richtig den Bach runter, obwohl das Essen vorzüglich und der Weißwein, der den Fisch begleitete, auf Idealtemperatur gekühlt war. Aber was verstehe ich schon davon?

„Morgen werde ich um sieben Uhr in die Sauna gehen", verkündet er gerade und Marion flüstert mir zu, jetzt wisse sie wenigstens, was sie um Sieben ganz bestimmt nicht machen wird. „Das weiß nämlich keiner, dass da überhaupt schon geöffnet ist. Meine Ex-Frau und ich haben das immer gemacht, schon allein weil der Sekt zum Frühstück nach der Sauna erst richtig gut schmeckt." Claudia sieht jetzt so aus, als lege sie keinen gesteigerten Wert darauf, Geschichten von seiner Ex-Frau zu hören, sondern wirkt eher so, als wolle sie von seinem Gequatsche endlich erlöst werden.

„Sieben Uhr ist mir zu früh", sagt sie, als sie endlich mal zu Wort kommt. „Aber den Sekt zum Frühstück trinke ich mit dir."

Als wir gehen, lässt er noch mal so richtig den Feinschmecker heraushängen, erzählt seiner Begleiterin irgendwas von einem Hummer und dass er als junger Mann nicht richtig wusste, wie man so etwas isst, inzwischen kann er natürlich nur darüber lachen und macht das auch und zwar viel zu laut.

Wir begeben uns noch auf einen Absacker in die Bar, wo es angenehm ruhig ist, bis, und das war ja zu erwarten, auch er nach einer Stunde mit Claudia reinschneit. Ich merke, wie Wut in mir aufsteigt, und wir brechen umgehend auf und gehen schlafen.

*****

Morgens um halb sieben schäle ich mich aus dem Bett, mache mir schnell einen löslichen Kaffee, bevor ich aus dem Zimmer gehe, denn ich brauche jetzt einen klaren Kopf, dann gehe ich den langen Gang entlang, wo noch niemand außer mir unterwegs ist, schließlich erreiche ich den Spa-Bereich und tatsächlich, die Saunen sind wirklich geöffnet, Mister Labertasche hat also Recht gehabt; ich checke nochmal kurz, wo alles ist, dann verdrücke ich mich im Ruheraum, bis er kommt, wobei ich nicht lange warten muss, allerdings erschrecke ich etwas, denn er sieht ziemlich verquollen aus, vermutlich hat er gestern Abend noch ein paar Gläser mit seiner jungen Freundin getrunken, doch heute früh ist er zum Glück allein gekommen, sehr gut, denn ich mache das ja auch für Claudia, denke ich noch, um sie zu erlösen, alldieweil er sich, ohne sich umzudrehen, seines Bademantels entledigt und tatsächlich ohne zu quatschen die Glastür zur finnischen Sauna öffnet und sich in der hinteren Ecke auf sein Handtuch legt, während ich zur Eingangstür des Wellnessbereichs zurückgehe, den in der Nacht am Hotelcomputer heimlich ausgedruckten Zettel aufhänge, auf dem zu lesen ist, dass die Sauna leider gerade nicht betreten werden dürfe und dass man für das Verständnis danke, um zehn Uhr gehe es dann weiter, bevor ich, wie geplant, den gestern noch inspizierten Technikraum betrete, die Temperatur der Sauna ein gutes Stück nach oben drehe und die Sicherungen für die Beleuchtung und den Notruf ausschalte, so dass es fast dunkel ist, als ich von der Wintergarten-Baustelle zwei Dachlatten packe, die wenigen Meter weitergehe und, wie gestern Abend geübt, erst die eine und dann die andere Latte zwischen Glastür und Holzgriff der finnischen Sauna bugsiere und mit einem Ruck unter das Vordach wuchte, so dass ein Holzkreuz entsteht, das den Eingang und eben auch den Ausgang versperrt, denn die Tür lässt sich keinen Millimeter mehr öffnen, und während ich das schnell überprüfe, habe ich das Gefühl, dass mich aus der Sauna zwei Augen entsetzt anstarren; vielleicht ahnt er, dass sein Herz- und Kreislaufsystem die zunehmende Hitze nur noch wenige Minuten aushält, doch ich schaue nicht hin, sondern bereite meinen Abgang vor und freue mich auf ein ausgiebiges und vor allem ruhiges Frühstück mit Marion.

Das unspektakuläre Haus

Das Mehrparteienhaus, in das wir vor 16 Jahren gezogen waren und wo wir nur kurze Zeit wohnen sollten, wirkte – abgesehen von seiner Architektur – völlig unspektakulär und ziemlich gewöhnlich. Es gab vier Wohnungen auf zwei Etagen, unten links lebte ein Ehepaar mit Sohn und Tochter, darüber ein junger Mann, den man eigentlich nie sah, wenn er nicht gerade sein Moped reparierte. Unten rechts lag unsere Wohnung, die nicht unbedingt riesig war, aber so gerade groß genug für eine vierköpfige Familie. Über uns schließlich wohnte ein älterer Herr, der ausgesprochen freundlich war, wenn man ihn traf und der, so erfuhren wir von unserer neuen Nachbarin, die gern mal im Flur auf uns lauerte und ein nicht gerade geringes Mitteilungsbedürfnis hatte, vor einiger Zeit Witwer geworden war.

Der Bonner Stadtteil Dottendorf war beliebt und der Wohnraum dort begehrt. Für nicht ganz unsportliche Menschen war das Bonner Zentrum recht gut mit dem Fahrrad zu erreichen, und wenn man es schaffte, die Bahngleise parallel zur B9 trotz der fast immer geschlossenen Schranken irgendwie zu überwinden, war man auch schnell im früheren Regierungsviertel, in dem sich seit einiger Zeit die Telekom, die Deutsche Post und neuerdings auch die Vereinten Nationen breit machten. Dort wurde also auch nach dem Umzug der Bundesregierung, der Abgeordneten, der Lobbyisten, der Diplomaten und der Hauptstadtkorrespondenten weiterhin viel gearbeitet, und deshalb versuchten jeden Morgen viele Menschen irgendwie die Schranken zu überwinden – obwohl man in der Zeit, die man dafür brauchte, vermutlich auch bis Köln zur Arbeit hätte fahren können. Das Tollste an der Schranke war, dass direkt hinter den Gleisen eine Straßenkreuzung war, so dass man oftmals nicht einmal dann weiterfahren durfte, wenn die Schranke tatsächlich hochging, denn zusätzlich regelte eine Ampel den Verkehr. Es gab also Situationen, in denen nach drei, vier oder fünf Zügen zwar die Schranke hochging, die Ampel aber rot blieb. Wenn sie nach Ewigkeiten dann doch noch grün wurde, leuchtete bereits nach wenigen Autos gern wieder das Rotlicht für die neuerlich heruntergehende Schranke auf. Zum Glück fuhr ich immer mit dem Fahrrad die wenigen Meter zum Deutsche-Welle-Funkhaus, so dass ich, sobald die Schranke mal hochging, schnell die Gleise überquerte.

Trotzdem war Dottendorf, wie gesagt, eine beliebte Wohngegend, was an der guten Lage und weniger am Stadtteil selbst gelegen haben dürfte. Denn Dottendorf hatte kein richtiges und erst recht kein liebenswertes Zentrum, sondern im Grund nur eine riesige Straßenbahnendhaltestelle. Gut, dort gab es einen Kiosk, einen Imbiss, eine Apotheke und einen Bäcker, aber es fehlte ein echter Ortskern, der zum Verbleiben animierte. Immerhin gelangte man mit der Straßenbahn recht schnell ins Bonner Zentrum.

Dottendorf bot darüber hinaus dem interessierten Betrachter eine ungeheure architektonische Vielfalt. Alte Fachwerkhäuser grenzten an moderne, lichtdurchflutete Neubauten, Siedlungen aus der Nachkriegszeit fügten sich fast nahtlos an Reihenhäuschen aus den 70er Jahren an. Und fast jeder, der es sich leisten konnte und über den nötigen Platz verfügte, hatte einen Anbau oder zumindest einen Wintergarten an sein Häuschen gesetzt. Stilistisch war alles erlaubt, und man konnte den Eindruck gewinnen, dass die städtische Baubehörde einem potenziellen Bauherrn nur dann eine Genehmigung zum Anbau erteilte, wenn gesichert war, dass es in ganz Dottendorf einen Anbau, der so oder auch nur so ähnlich aussah, noch nicht gab.

Unser neues Zuhause fügte sich in das Muster perfekt ein. Ursprünglich war es beim Bau in den 50er Jahren wohl mal ein Bungalow mit zwei nebeneinander gelegenen Wohnungen gewesen. 40 Jahre später waren die früheren Bundeswohnungen privatisiert worden. Da hatte der neue Besitzer die Idee gehabt, auf den Flachbau ein Obergeschoss draufzusetzen. Das Ganze natürlich in der Bauweise der Gegenwart, individuell ausgearbeitet, so dass es keine Probleme mit den Baubehörden geben konnte, und so sah unser Haus ein bisschen so aus, als wären Außerirdische mit ihrem Raumschiff auf einem Dottendorfer Bungalow gelandet.

Im Haus selbst erinnerte allerdings nichts mehr an Außerirdische. Die Bewohner waren, uns eingeschlossen, ziemlich gewöhnlich. Der neben uns wohnende Familienvater war schätzungsweise 55 Jahre alt, hatte eine Glatze und trug, außer wenn es mal 30 Grad war, stets einen langen Mantel. Er ging früh aus dem Haus, er war irgendein mittelgroßes Tier bei den Stadtwerken und versuchte die Führung des Hauses für einen stärkeren Ausbau der erneuerbaren Energien zu gewinnen. Offenbar erforderte das lange Diskussionen, denn vor 20 Uhr kam er eigentlich nie zurück nach Hause. Seine Frau ging nur an zwei Tagen in irgendein Büro, wo sie als Sekretärin half, und für uns waren es die schönsten Momente, denn an diesen Tagen war es sehr ruhig im Haus. War sie hingegen zu Hause, rumorte sie entweder in ihrer Wohnung oder im Garten herum und sprach mit jedem, der etwas Abwechselung versprach. Den Nachmittag verbrachte sie meist damit, ihren Sohn Felix oder die Tochter Franziska zu rufen, die dann aus der Schule zurück waren und alle zwei Minuten eine dringliche Ansprache nötig hatten.

Meist war unsere Nachbarin freundlich und geschwätzig, aber alle paar Wochen hatte sie auch mal einen Aussetzer. Kurz nach unserem Einzug keifte sie einen Besucher des Mopedfahrers an, weil der im Treppenhaus einen kleinen Dreckklumpen verloren hatte, während sie doch drei Tage vorher den Boden gewischt hatte. Einige Wochen später war unsere Tochter das Ziel ihrer Angriffe, weil die mit Freundinnen vor dem Haus mit Kreide gemalt hatte. Das hatte Martina zwar schon öfter gemacht, und bisher hatte es niemanden gestört, aber an diesem Tag wurde unsere Nachbarin zutiefst ausfallend, und als ich rausging, um zu sehen, was los sei, raunte mir der dort ebenfalls herumstehende junge Mann von oben nur zu: „Die Alte hat wahrscheinlich mal wieder ihre Tabletten nicht genommen."

Der junge Mann selbst wiederum schien hingegen ausschließlich für sein Moped zu leben, das er immer in Sichtweite vor dem Haus abstellte. Alle paar Wochen gab es einen Grund, das Gefährt nahezu komplett auseinanderzubauen, hier etwas zu ölen, da etwas zu fetten und dort etwas zu schmieren. Anschließend baute er sein Fahrzeug wieder zusammen, und so hatte er wieder eine Woche überstanden, ohne vor Langeweile gestorben zu sein.

Auch das Leben unserer Familie verlief in absolut geordneten Bahnen. Meine Frau Regina arbeitete als Referentin bei der Welthungerhilfe in Bad Godesberg, was den Vorteil hatte, dass sie nicht über die Gleise, sondern einfach an den Gleisen entlang nach Süden fahren musste. Unsere Kinder gingen beide zur Schule, und das machten sie so unspektakulär, dass sie, wenn sie nach Hause kamen, nichts zu erzählen wussten. Max verschwand meist sehr schnell in seinem Sportverein, und Martina verabredete sich vom ersten Tag an mit den Mädchen aus ihrer Klasse. Ich selbst arbeitete meistens zu Hause und zwar freiberuflich für das Radioprogramm der Deutschen Welle, die aus ihrer Asbest-Höhle in Köln in den sogenannten Schürmann-Bau nach Bonn gezogen war. Das war jene Regierungsbaustelle (jenseits der Gleise!), die man 1993 vergessen hatte, vor einem drohenden Hochwasser des Rheins zu schützen und die dann mit Wasser vollgelaufen war. Erst viele Jahre und viele Versicherungsstreitigkeiten später konnte der Bau bezogen werden, und weil die Regierung inzwischen an die Spree umgezogen war, stand das Haus der Deutschen

Welle zur Verfügung. Deren Führung hätte wahrscheinlich auch viel lieber in Berlin logiert, aber Bonn war Kompensation für den Umzug der Regierung versprochen worden, und die Deutsche Welle war nun einmal ein Teil dieser Abmachung. Um ihre eigene Bedeutung zu betonen, verbrachten aber die meisten Ressortchefs und leitenden Redakteurinnen und Redakteure ihre Zeit damit, mehrmals die Woche nach Berlin zu reisen, um dort an ganz wichtigen Meetings teilzunehmen. In der Zwischenzeit durften freie Journalisten wie ich das Programm füllen.

Der über uns wohnende alte Mann dürfte mindestens 85, eventuell sogar 90 Jahre alt gewesen sein, war aber ungemein rüstig und hatte, so unsere redselige Nachbarin, bis vor kurzem noch ein Amt im früheren Regierungsviertel ausgeübt, bei dem es um die Vertretung angeblicher Ansprüche von Alteigentümern in der ehemaligen DDR ging. Das erschien mir zwar angesichts der Tatsache, dass die Berliner Mauer nun schon mehr als nur einige Jahre gefallen und damit die DDR nicht mehr existent war, etwas seltsam, beschäftigte mich aber nicht weiter. Wenn wir ihm mal im Treppenhaus begegneten, lüftete er stets lächelnd den Hut und hatte ein paar freundliche Worte parat. Kamen wir die wenigen Stufen von unserer Wohnung zur Haustür herunter, hielt er uns die Tür auf, sprach Regina mit „gnädige Frau" an und strich Martina über die langen blonden Haare. Als seine Schwiegertochter, die ihn regelmäßig besuchte und wohl auch für ihn einkaufte und kochte, ihm einmal zwei Gläser selbstgemachte Marmelade geschenkt hatte, klingelte er an unserer Tür und gab eins freudestrahlend an uns weiter.

Alles war also ganz gewöhnlich, wenn da nicht dieser Tag Anfang Dezember gewesen wäre.

Am Samstag vor dem ersten Advent klingelte es bei uns an der Tür, und als Martina öffnete, stand der ältere Herr von oben vor ihr. Während ich die Szene von hinten beobachtete, reichte er ihr eine Tafel Schokolade und sagte: „Da ist ein kleines Geschenk zum Advent. So schöne blonde deutsche Mädchen wie dich sieht man ja kaum noch in Bonn. Es gibt ja fast nur noch Ausländer hier."

Während sich Martina verständlicherweise auf die Schokolade stürzte, blickte ich unserem Nachbarn, der sich gerade als nicht so vorbildlich weltoffen und aufgeschlossen gezeigt hatte, wie die UN-Stadt Bonn sich und ihre Einwohner nach außen hin immer darstellte, etwas ratlos hinterher.

Als einige Zeit später der Postbote kam, legte er wie immer die größeren Briefe für das ganze Haus auf die Treppenstufen, weil die Briefkästen für Büchersendungen viel zu klein waren. Die meisten dieser größeren Umschläge gingen normalerweise an mich. Tatsächlich war auch diesmal ein Buch für mich dabei, aber zwei andere Sendungen waren an den älteren Herrn über uns adressiert. Der eine Absender entpuppte sich bei flüchtigem Hinsehen als plump EU-feindlich – „Wir sollten uns von Brüssel nicht weiter fremdbestimmen lassen" stand dort in großen Buchstaben –, während der andere schon vom in Fraktur geschriebenen Verlagsnamen her noch dubioser wirkte.

Ich hatte die Worte vom schönen blonden deutschen Mädchen noch im Ohr und löste spontan die Musterbeutelklammern des Umschlags, um einen kurzen Blick hineinzuwerfen. Meine schlimmsten Befürchtungen wurden noch übertroffen, denn das darin liegende Buch hieß „Die Gaskammer-Lüge", und neben dem Titel ließ auch die Gestaltung des Machwerks keinen Zweifel daran, dass unser ach so netter Nachbar, der unsere blonde Tochter so mochte, ein übler Alt-Nazi war, der die Existenz der deutschen Vernichtungslager in Zweiten Weltkrieg leugnete.

Spontan nahm ich den Umschlag mit dem Buch an mich, suchte in unserer Wohnung einen Stift und schrieb mit großen Buchstaben auf die Postsendung: „Empfänger verstorben. Zurück an Absender." Dann nahm ich meine Jacke, packte den Umschlag in meinen Rucksack und verließ die Wohnung, als der ältere Herr gerade von draußen kommend den Hausflur betrat.

„Einen wunderschönen Tag wünsche ich", sagte er und hob freundlich lächelnd den Hut.

Ich nickte nur und ging an ihm vorbei zum nächsten Briefkasten.

Oberlippenschmerzen

Der kräftige alte Mann stapft langsam durch den Schnee. Es ist der 24. Dezember, und der Winter in der Rhön ist wieder einmal hart und streng. Die Axt in seiner Hand ist zwar schwer, aber das stört Egon nicht, denn er hat ein klares Ziel vor Augen.

Kurz hinter seinem Haus beginnt an einem Hang der Wald. Der erste Teil steht noch auf seinem Grundstück, die Bäume dahinter gehören dem Nachbarn. Dorthin will er. Es ist gleich 17 Uhr und schon ziemlich dunkel hier draußen, so dass Egon den Ausblick auf die Wasserkuppe gegenüber nur noch erahnen kann. Mit der Taschenlampe leuchtet er umher.

„Bah, der hat ja nur Fichten", grunzt er vor sich hin. Dann fällt ihm die schöne Nordmanntanne am Rande der Lichtung auf. Dort ist es etwas heller. Wachsen die nicht eigentlich nur in Skandinavien?, wundert sich Egon. Aber die Rhön hat ja ein ähnliches Klima. Da fällt ihm auf, dass es nur diese eine Tanne im ganzen Wald gibt. Aber auch die nicht mehr lange, schmunzelt Egon und schwingt die Axt.

Egon ist bald 80 Jahre alt, aber körperlich fitter als die meisten 60-Jährigen. Er führt das darauf zurück, dass diese ihr ganzes Leben ausschließlich hinter dem Schreibtisch hocken, während er bei jedem Wetter fast den ganzen Tag draußen verbringt – im Garten, mit Wandern oder auch auf der Jagd. Egon ist passionierter Hobbyjäger, er hat sogar ein eigenes kleines Revier gepachtet, wo er Wildschweine und hin und wieder auch ein Reh schießt. Fleisch vom Metzger kommt ihm nicht ins Haus. Erstens ist das viel zu teuer, und zweitens weiß man nie, was die Zuchttiere so alles gefüttert bekommen. Beim selbst geschossenen Wild, dessen Fleisch er kiloweise in der Gefriertruhe lagert, ist das ganz anders.

Mit seinen hinten ausgetretenen Stiefeln, der ziemlich ramponierten Waldarbeiterhose und dem speckigen Hut sieht er aus wie ein verarmter Förster, als er die Tanne schließlich mit einigen gezielten Schlägen fällt. Zwei Minuten später stolpert er mit dem knapp drei Meter hohen Baum den steilen Weg zu seinem Haus hinauf. Eigentlich könnte Barbara ihm mal helfen, denkt er, verwirft die Idee aber schnell, denn seine Frau hat sich bei einem Sturz auf dem glatten und viel zu steilen Weg zum Haus neulich das Waden-, Schien- und Schlüsselbein gebrochen. Aber auch sonst hätte sie nicht mit anpacken können, denn sie hat – wie eigentlich immer – auch Rückenprobleme, Durchblutungsstörungen, eine schwere Bronchitis sowie eine kleine psychische Krise, weil sie soeben, also vor etwa acht Jahren, ihre Arbeit aufgegeben hat und wegen der guten Luft von der Metropole Frankfurt zu Egon aufs Land in die Rhön umgezogen ist. Dazu kommen der Schmerz im kleinen Finger, die chronischen rheumatischen Beschwerden, das seltsame Gefühl in der Magengegend, das Gefühl, die Milz könnte platzen, und dieses unerklärliche Stechen in der rechten Schulter und in beiden Knien. Und dann sind da noch diese anderen Krankheiten, unter denen sie mal mehr und mal noch mehr leidet und die Egon gerade nicht einfallen. Barbara hat eigentlich alle Krankheiten, die man sich denken kann, und wenn sie in der ZEIT von neuen Krankheitsphänomenen liest, spürt sie die Symptome schon in ihrem Körper, bevor sie den Artikel beendet hat.

Wer jetzt denkt, Barbara sei bettlägerig oder sonst irgendwie hinfällig, täuscht sich allerdings gewaltig. Seine Frau ist ausgesprochen reiselustig und besucht ständig alte Freunde oder entfernte Verwandte. Außerdem braust sie alle zwei Tage nach Frankfurt, um den Trennungsschmerz von der alten Heimat zu konservieren, Freunde zu treffen, die blonden Strähnchen vom – natürlich völlig überteuerten –

Friseur ihres Vertrauens nachfärben zu lassen, in die Alte Oper zu gehen oder die Kunsthalle Schirn, das Städel-Museum oder auch das Museum für Moderne Kunst in stundenlangen Spaziergängen von unten bis oben abzulaufen. Ihre Wehwehchen scheinen dann wie weggeblasen, sie tauchen erst wieder auf, wenn sie auf dem Weg nach Hause Fulda hinter sich lässt und Egon bald wieder davon berichten kann. Anfangs hat ihn das gestört, mittlerweile hört er nicht mehr bei jeder neuen Krankheit so genau hin und lässt Barbara einfach vor sich hin jammern. Jetzt mit den Beinbrüchen ist sie allerdings ans Haus gefesselt und bewegt sich entweder auf Krücken oder mit einem Rollstuhl in der engen Wohnung hin und her.

In Gedanken an das Elend seiner Frau fühlt er sich selbst besonders gesund und stark und wuchtet die Tanne in Richtung Wohnzimmer. Sein Nachbar steht am Zaun. Er scheint seinen Augen nicht zu trauen, als er Egon mit der Tanne im Schlepptau vorbeiziehen sieht, und schaut perplex rüber.

„Hast du auch noch Weihnachtskugeln und Kerzen für mich, du Pflaume?", ruft Egon. Der Nachbar antwortet nicht, und so wird er ihn später halt noch besuchen müssen.

Zu Hause baut er den Baum auf und bereitet langsam die Bescherung vor. Er hat schöne Weihnachtsgeschenke für seine Barbara gefunden: Eine Rheuma-Decke, einen flexiblen Gipsarm für die nächsten Unfälle, verschiedene entzündungshemmende Cremes und Kapseln sowie ein Buch über neue und besonders gefährliche Viren und eine Opern-Karte. Damit kann sie dann mit ihren Intellektuellen-Freunden aus Fulda am nächsten Jour fixe, oder wie das heißt, angeben, murmelt er vor sich hin. Er selbst wird dann im Wald spazieren oder auf Wildschweinjagd gehen.

Auch Barbara hat schöne Geschenke für Egon besorgt. Eine CD der Gersfelder Hornbläser, eine solarbetriebene Heizdecke für den Hochsitz, einen neuen Wintermantel vom Förstermoden-Versandhaus und ganz viele Schwimmkerzen in diversen Duftnoten für das tolle neue Wasserbecken mit den herbstlichen Blättern im Wohnzimmer. Aber die hat sie eigentlich eher für sich gekauft.

Sie zieht gern durch die Geschäfte, vor allem in Frankfurt, und auch dabei unterscheidet sie sich fundamental von ihrem Mann, der sich durch fast krankhaften Geiz auszeichnet. Die Jacken, Blusen, Schals, Schuhe und Hosen in ihrem Schrank kann sie kaum noch zählen, während Egon nur ein winziges Eckchen im Kleiderschrank für sich beansprucht, weil er fast immer dieselbe zerschlissene Hose anzieht und auf den Vorschlag, mal eine neue zu kaufen, nur mit den Schultern zuckt: „Wieso, die ist doch noch gut." Kultur lässt sie sich auch was kosten, und gute Bücher kauft sie immer, sobald sie welche sieht. Egon hat schon mehrfach beim Aufräumen zwei, drei oder noch mehr ungelesene Exemplare des gleichen Buchs gefunden. Wütend zur Rede gestellt, warum sie ihr gemeinsames Geld so sinnlos verprasse, sagt sie nur: „Wieso, ich will die doch meinen Geschwistern schenken."

Mal abgesehen davon, dass sie also fast nichts gemeinsam haben, verstehen sie sich gut.

Und so steht sie gerade mit ihren Krücken vor dem Herd und kocht, während sich draußen die gesammelte Vogelvielfalt der Rhön im Körnerbett vor dem Fenster ihren Weihnachtsschmaus abholt. Die Sondernahrung für die Singvögelchen gibt es nicht nur im Winter, auch im Hochsommer bei 30 Grad füttern Barbara und Egon die Zaunkönige, Buchfinken und Rotkehlchen, bis diese völlig überfressen nicht mehr fliegen können und reihenweise bewusstlos vom Fensterbrett fallen. Während Barbara beim Kochen die fast nur noch hier existierende einheimische Vogelwelt beobachtet und gelegentlich erfreut aufjuchzt, weil sich ein neues, von der Ornithologie noch nicht namentlich bekanntes Exemplar just vor ihrem Küchenfenster nieder-lässt, öffnet Egon eine Flasche Bier und will es sich gerade auf dem Sofa im Wohnzimmer neben dem prachtvollen Tannenbaum bequem machen, als es dreimal laut an der Haustür pocht.

Egon wundert sich, wer denn an Heiligabend so dreist ist, sich selbst einzuladen und damit die eigenen Kosten für Essen und Trinken einzusparen. Aber er schleppt sich zur Haustür, wobei er in den Beinen spürt, dass er jetzt unerwarteterweise doch etwas Muskelkater vom Hochschleppen des Tannenbaums hat.

Egon staunt nicht schlecht, als er vor sich auf der Schwelle zwei Polizisten stehen sieht. Einer reibt sich das Bein, denn er ist auf dem berüchtigten glatten Weg zum Haus dreimal hingefallen.

„Herr Jonas, es liegt eine Anzeige gegen Sie vor", sagt sein jüngerer Kollege. „Sie sollen bei ihrem Nachbarn eine Nordmanntanne illegal gefällt haben und ihn anschließend bei gezücktem Jagdgewehr dazu gezwungen haben, ihm auch noch Weihnachtskugeln und Kerzen zu überlassen."

Egon muss mit aller Macht ein Schmunzeln unterdrücken und mimt stattdessen den Empörten.

„Diese Pflaume", grummelt er. „Die Geschichte hat er doch nur erfunden, um mir das Weihnachtsfest zu versauen. Das versucht er jedes Jahr. Ich erstatte Gegenanzeige wegen Verleumdung. Also nehmen Sie den Mann fest und lassen Sie ihn am besten nie wieder frei."

„Ach so ist das, das wussten wir nicht", sagen die Polizisten und wollen schon abdrehen, als Barbara von hinten in ihrem Rollstuhl angefahren kommt. „Was ist denn hier für ein Lärm am Heiligen Fest: Ich habe schlimme Schmerzen im Bein und an der Schulter; außerdem habe ich Kopfschmerzen, Herz- und Lungenschmerzen, Rückenmarkschmerzen, Augenlidschmerzen, Stirnfaltenschmerzen, Oberlippenschmerzen, Ohrenschmerzen, Halsschmerzen, Gliederschmerzen und gleich auch noch Bauchspeicheldrüsen- und Dünndarmschmerzen. Außerdem fühle ich schon, wie mich jeden Augenblick die Grippe übermannen wird."

Während sie immer weiter aufzählt, was sie alles plagt, ist Egon von dem Schmerz-Cocktail zunehmend alarmiert und schlägt den Beamten die Tür vor der Nase zu.

„Wir feiern jetzt endlich Weihnachten", bestimmt er. Barbara hat ein leckeres Menü zusammengestellt, und die beiden genießen den Schmaus und tauschen anschließend etwas beschwipst ihre Geschenke aus. Für einen Moment sind sogar die Schmerzen vergessen oder nicht mehr der Rede wert.

Barbara stimmt noch ein Weihnachtsliedchen an. Egon fummelt in einem Moment, in dem er sich unbeobachtet fühlt, sein Hörgerät aus dem Ohr.

„Schön ist die Rhön", sagt er dann.

„Schöner wär' sie ohne Rhöner", ergänzt Barbara ihren gemeinsamen Lieblingssatz, den sie gern zitieren, wenn das Leben es besonders gut mit ihnen meint.

Ich, DER Primanus

Rechts stehen die Sockel mit meinen sechs Skulpturen, links hängen vier Ölbilder von mir, natürlich an der besten Stelle im Raum. Daneben die Vitrine mit den acht Druckgrafiken. Macht insgesamt 18 Werke von mir. Offiziell soll in unserer Gruppenausstellung jeder Künstler maximal vier Arbeiten ausstellen. Doch solche Regeln gelten für andere, nicht für mich, den Primanus, den einzigen bedeutenden Künstler des ganzen Münsterlandes, wenn ich das in aller Bescheidenheit mal hervorheben darf. Vielleicht sogar einen der bedeutendsten Maler und Bildhauer Deutschlands. Ich bin schließlich der Primanus, was selbstredend ein Pseudonym und ein geniales Wortspiel ist, auch wenn das bei uns im Kunstverein kaum jemand versteht. Es setzt sich zusammen aus Primus, der Erste, und Manus, die Hand. Denn die Nummer Eins bin ich sowieso, und die kreative Hand braucht schließlich jeder Künstler.

Von Anfang an habe ich auch hier die Strippen gezogen, denn ohne mich wäre die ganze Ausstellung doch nichts geworden. Gut, der Lüdinghauser Kunstverein ist nach Taverny, in unsere Partnerstadt nördlich von Paris eingeladen worden, nicht mir persönlich galt die Einladung. Aber was wäre der Kunstverein ohne mich? Ein Haufen von Hobbymalerinnen und Rentnerinnen, die versuchen, ein bisschen mit dem Pinsel herumzumatschen. Und dann noch dieser zeichnende Architekt, der extrem schweigsam rüberkommt. Und ich, der Primanus, bin schließlich ein national und international angesehener Künstler. Aber das habe ich ja schon gesagt. Und das stand auch im Bericht der „Westfälischen Nachrichten" über meine letzte große Ausstellung

in Lüdinghausen. Es hat mich eine Flasche Rotwein gekostet, die For-
mulierung ins Blatt zu bekommen. Eine Investition, die sich gelohnt
hat.

In der Städtischen Galerie in Taverny hängt an der Eingangstür und
im Aushang unser Plakat. Selbstverständlich kam als Motiv dafür nur
ein Bild von mir in Frage. Das hatte ich vorab schon mit dem Vereins-
vorsitzenden besprochen. Vorsitzender bin ich nämlich nicht, das sollen mal andere machen, aber natürlich habe ich dafür gesorgt, dass
der Boss macht, was ich ihm sage.

Schon bevor wir ankamen, war klar, dass ich sämtliche Bilder aufhängen würde, damit die Ausstellung eine Handschrift bekommt –
nämlich meine. Der Vorsitzende meinte noch, es sollten drei Leute
machen. Etwas dämlich, wie er mir in den Rücken fiel, aber gut: Warum sollten mir nicht zwei Leute helfen, die Bilder an den Galerieleis-
ten zu befestigen? Das sind doch Hilfstätigkeiten. Natürlich müssten
sie die Bilder da aufhängen, wo ich es sage, und so kam es dann auch:
Zwei Frauen meldeten sich, und logischerweise hörten sie auf meine
Anordnungen, denn ich bin nicht nur der renommierte Künstler, der
Respekt verdient, sondern eben auch sozusagen der Kurator, dem man
als kleine Nummer nicht zu widersprechen wagt. Für meine Bilder
nahm ich die Wand gegenüber vom Eingang, da sah man sie sofort. Die
Skulpturen fanden ihren Platz an einer Stelle im Raum, die jeder Gast
passieren musste. Auch nicht zu übersehen. Meine Drucke präsentierte
ich in einer Vitrine, die mir die Galeristin eigens besorgt hatte.

So langsam kommen die ersten Besucher. Wo ist die Presse, die mit
mir reden möchte?

11 Uhr:

Meine Bilder sind der Leuchtturm der Ausstellung, selbst ein Laie wird sehen, dass es eindeutig die besten Werke sind. Die Sachen der anderen habe ich mir kaum angeschaut, ich weiß ja, dass sie nichts können.

Zur Sicherheit mache ich schnell noch einen gut sichtbaren roten Punkt an einen Sockel. Die kleine Skulptur würde eh niemand kaufen wollen, und so sieht es einfach professioneller aus. Auch für meine Rolle in der Gruppe, da sollen erst gar keine Zweifel aufkommen.

Die Eröffnung kann beginnen.

Es gibt viele Reden, das ist ja immer ganz nett, es geht um die Städtepartnerschaft und die deutsch-französische Freundschaft, die durch sie zum Leben erweckt werde. Geht es vielleicht eine Nummer kleiner?, denke ich noch, da kommt der Bürgermeister von Taverny endlich auf die Rolle zu sprechen, die die Kunst dabei spielt. Ich hätte ihn vorher briefen müssen. Mist, das habe ich vergessen, und so fällt mein Name nur ein einziges Mal, und das bei der lieblosen Auflistung aller Künstler. Jetzt ist Konrad Borchert dran, unser Lüdinghauser Bürgermeister. Umständlich dankt er den Gastgebern, ein großer Redner wird Borchert in diesem Leben nicht mehr werden. Der kann wirklich keinen Satz vernünftig betonen. Und von Kunst hat er auch keine Ahnung, doch immerhin nennt er zweimal meinen Namen, so dass ich freundlich aufschaue.

Ansonsten setze ich den bedeutsamen Gesichtsausdruck auf, den ich vor Jahren mal vor dem Spiegel einstudiert habe. Ich bin sicher, jeder spürt in diesem Moment, dass ich hier der wichtigste, wenn nicht der einzige wichtige Mensch im Raum bin. Die anderen geben, ehrlich gesagt, auch wieder einmal ein ziemlich jämmerliches Bild ab, wie sie da tuschelnd und nervös mit dem Sektglas in der Hand vor ihren Bildchen stehen.

Plötzlich sehe ich einen roten Punkt an einem Bild des Architekten.

Wie hat er das denn hingekriegt? Und hinten an dem unsäglichen Landschaftsbild einer der Hobbymalerinnen mit Motiven aus dem Münsterland ist ebenfalls ein Punkt. Unauffällig markiere ich auch zwei meiner Druckgrafiken als verkauft, so sind es drei rote Punkte bei mir. Das können der Architekt und die Hausmutti nicht überbieten, denn sie haben jeweils nur zwei Bilder abgegeben. Jetzt stimmt das Verhältnis wieder. Da höre ich das Gerücht, der Architekt habe sein Bild der Gemeinde Taverny geschenkt. Kein schlechter Trick, aber was sollen die denn mit seinem Geklecksel machen? Das Bild wird in irgendeinem Keller vergammeln – völlig zu Recht übrigens.

12 Uhr:

Die Reden sind vorbei, der Sekt ist ausgetrunken, die Bilder werden noch einmal demonstrativ bestaunt, wobei sich vor meinen Werken immer mal lange Schlangen bilden, schon allein, weil man sich an den Sockeln und der Vitrine kaum vorbeiquetschen kann, wenn man sich begegnet. So langsam leert sich der Raum. Es gibt gleich ein Mittagessen, und danach soll noch eine Überraschung folgen, hat irgendein Franzose angekündigt. Um 15 Uhr treffe man sich dazu noch einmal in der Galerie. Die meisten Mitglieder unseres Lüdinghauser Kunstvereins wollen vorher tatsächlich noch eine Stadtführung machen und dann zu einem Schloss in der Umgebung fahren. Als ob wir um Lüdinghausen herum nicht genug Wasserschlösser hätten! Sollen sie machen, denke ich genervt. Aber ich hätte schon sehr gern mehr Professionalität um mich herum.

13 Uhr:

Ich schreibe noch schnell die Mail an den Kunstverein Taverny, die haben doch tatsächlich meinen Namen in der Künstlerliste auf der

Homepage verstümmelt. Ausgerechnet meinen. Nur ein Primanus war übriggeblieben, statt DER Primanus. Auch der Name einer der Damen ist falsch geschrieben – Westhoff-Stratkötter ist für einen Franzosen vermutlich wirklich sehr schwer –, aber warum hat die Trulla sich auch keinen Künstlernamen gesucht? Doch darum soll sie sich gefälligst selbst kümmern. Ich schreibe den Franzosen stattdessen noch eben in knappen und bescheidenen Worten, dass ich der berühmteste Künstler Lüdinghausens und des Münsterlandes bin, und empfehle den französischen Kollegen deshalb, dass sie meinen Namen in der Liste am besten ganz nach vorne stellen und unbedingt auch etwas größer schreiben sollten. Wenig später sieht die Namensliste im Internet schon viel besser aus, irgendwie dem Anlass angemessen. Ich stehe im Fettdruck ganz oben.

Die anderen verschwinden im Bus zur Stadtführung, ich kann essen gehen.

13 Uhr 30:

Eine Unbekannte dringt in die Räume der Städtischen Galerie in Taverny ein. Sie stellt sicher, dass wirklich niemand mehr im Raum ist, schaut verächtlich auf die Vitrine, deren Scheibe sie in Windeseile mit schwarzem Papier zuklebt. Dann greift sie zielsicher in ihre Handtasche, ergreift eine Dose, schüttelt sie und sprüht mit großen Buchstaben und in roter Farbe quer über die Wand gegenüber vom Eingang: „DER PRIMANUS HEISST EIGENTLICH ALFRED LOCH UND IST EIN WIDERLICHER, SELBSTVERLIEBTER EGOMANE".

15 Uhr:

Konrad Borchert, unser Lüdinghauser Bürgermeister, ergreift das Wort und verkündet zusammen mit seinem Kollegen aus Taverny die versprochene Überraschung: „Als Zeichen der Freundschaft haben unsere Städte beschlossen, von nun an alle zwei Jahre einen Kunstpreis zu vergeben. In diesem Jahr wird er erstmalig verliehen. Wir, eine Jury aus Politikern und Kunstexperten aus Deutschland und Frankreich, haben uns in den vergangenen Wochen mehrmals getroffen und uns schließlich für einen Künstler entschieden, dessen Oeuvre nicht nur fragmentarisch die Materialität reproduziert. Wie bei keinem anderen Künstler transformiert bei ihm das Existenzielle vor allem die Linearität."

Borchert dreht jetzt so richtig auf, das hätte ich ihm gar nicht zugetraut. Ich hingegen muss gestehen, ich verstehe kaum ein Wort. Wer hat dem denn die Rede geschrieben? Ist der betrunken?

Meine Gedanken driften ab, immer wieder muss ich an das widerliche Geschmiere denken, das bis gerade neben meinen Bildern stand und das der Hausmeister noch so eben rechtzeitig übermalen konnte. Gleichzeitig folge ich Borcherts Rede, der verkündet: „Der diesjährige Kunstpreis Taverny ist mit 2.000 Euro dotiert und geht an ..." – jetzt zieht er tatsächlich einen Zettel aus einem Umschlag, als wäre hier die Oscar-Verleihung und sagt – „unseren Primanus".

Für einen kurzen Moment zucke ich zusammen.

Aber dann ist mir sofort klar, dass ich den Preis selbstverständlich bekommen muss. Wer denn auch sonst? Die Franzosen, die Hausfrauen und der Architekt klatschen brav, von ihnen hat bestimmt niemand daran geglaubt, preiswürdig zu sein. Trotzdem bin ich etwas verwirrt, warum hat Borchert denn vorher nichts davon gesagt? Ich stehe auf, schüttele den beiden Bürgermeistern die Hand und ergreife das Wort.

„Ich widme den Preis natürlich unserem Kunstverein Lüdinghausen, ohne den ich meine Arbeiten nicht hätte realisieren können", höre ich mich sagen und staune über die grammatikalische Konstruktion dieses spontanen Satzes. „Das großzügige Preisgeld stifte ich natürlich auch dem Verein, denn wir sind eine Gruppe und keine Einzelkünstler, die gegeneinander antreten." Ich hoffe, die anwesenden Journalisten haben den Satz auch schön notiert. Die Damen klatschen brav. Ich habe immer noch keine Idee, wer von ihnen die kackdreiste Aktion mit der Sprühdose umgesetzt haben könnte, die allerdings bei der öffentlichen Aktion hier zum Glück dezent verschwiegen wurde.

Wie in Trance strecke ich meine Hand dem Bronze-Delfin entgegen, der wohl die Auszeichnung symbolisiert. Außerdem gibt es noch einen Umschlag. Ob da ein Scheck drin ist? Aber wer zum Teufel nutzt heute noch Schecks?

Die beiden Bürgermeister ziehen mich zwei Meter zur Seite, denn drei Fotografen wollen Bilder von uns machen. Ich stehe zwischen Borchert und seinem Kollegen aus Taverny. Hinter uns sind Kunstwerke von mir zu sehen.

„Macht doch mal etwas mehr Licht", ruft einer der Fotografen. Ein Spot geht an, wodurch an der Wand etwas Schrift durchschimmert.

Das sehe ich aber erst am nächsten Tag im „Journal de Taverny" und auch auf der Homepage der „Westfälischen Nachrichten", die beide ein großes Foto der Preisverleihung abdrucken. Direkt neben mir kann man ganz schwach lesen: „EIN WIDERLICHER, SELBSTVER-LIEBTER EGOMANE".

Der Wunsch nach Schwiegersöhnen

Schon wieder geht dieser elegante Jüngling mit seinen teuren Klamotten vor unserer Haustür entlang. Meine Güte, wie anstrengend ist das denn, ihm dabei zuzusehen, wie er seinen Anzug bei dem Schneeregen auf keinen Fall ruinieren möchte. Bei jedem Schritt zieht er den Stoff des edlen Hosenbeins hoch, damit er nicht mit dem Boden in Berührung kommt. Männer haben es bei dem Wetter auch nicht so einfach, vor allem nicht solche Männer.

Also schon wieder Patrick. Klar, es ist Weihnachten, da besucht der brave Nachwuchspilot seine schräg gegenüber von uns wohnenden Eltern. Warum nur, frage ich mich, sehe ich jedes Mal, wenn Patrick zu Hause ankommt, gerade aus dem Fenster? So oft ist er gar nicht in Münster, meistens fliegt er doch in der Welt herum.

Eigentlich bin ich mit Kochen beschäftigt und sollte mich auf den Herd konzentrieren. Ich schütte etwas Wein ans Essen. Weil ich noch halb zum Haus auf der anderen Straßenseite schaue, rutscht mir die Flasche aus, und das Gemüse schwimmt jetzt in der Pfanne. Nun gut, dann muss der Wein es halt etwas länger ablöschen.

Ich kann den Blick trotzdem nicht von der Straße abwenden. Denn hinter Patrick stakst seine philippinische Frau – er war vor vier oder fünf Jahren auf Asienreise und hat sie von da mitgebracht, und wahrscheinlich hat er das Flugzeug selbst gesteuert, um sie sicher nach Hause zu fliegen. Sie musste jedenfalls mit, die Bürokratie wird zäh gewesen sein damals, aber es musste sein, schließlich ist er schon 35, und wer weiß, ob man in diesem fast schon biblischen Alter hierzulande noch eine Frau findet. Und dann haben sie natürlich sofort geheiratet, wahrscheinlich nur, um uns zu ärgern, aber das nur nebenbei

– also, sie stakst durch den schneebedeckten Weg zum Nachbarhaus. Ihr Minirock ist viel zu kurz, unwillkürlich frage ich mich, ob sie wohl eine Strumpfhose trägt, es ist um die null Grad, aber eine Strumpfhose könnte ihre Schönheit ja verhüllen. So würde ich nie herumlaufen, egal, wer mir zuschauen würde. Dann sehe ich auf die Schuhe: Die Absätze sind deutlich zu hoch, ihr Gang sieht irgendwie unelegant aus, vor allem bei diesem Wetter. Die Schuhe schlittern über die Steinplatten. Wenn sie jetzt vom Weg abrutscht, landet sie auf dem matschigen Rasen, denke ich und rühre das Gemüse um. Ich muss mich ziemlich verrenken, um alles gut sehen zu können.

Rizalyns Gesicht ist extrem geschminkt, das kann ich sogar ohne Brille durch das etwas beschlagene Fenster erkennen, als ich den beiden etwas unmotiviert zuwinke. Dann kommt auch noch Ingrid raus, eine hilfsbereite Nachbarin, die allerdings gern mal einen Tick zu viel redet, bevorzugt über sich selbst. Mit ihren langen dunklen Haaren und dem selbstgestrickten Hippiepullover bildet sie einen tollen Kontrast zu Patrick und Rizalyn in ihren Designerklamotten. Sie begrüßen sich, doch Ingrid wirft auch immer wieder einen Blick zu meinem Fenster. Bevor sie auf mich zustürzen kann, um mir irgendetwas zu erzählen, studiere ich lieber ausgiebig unser Gewürzregal, als sähe ich es heute zum ersten Mal. Als ich wieder hinausschaue, sind die drei weg.

Wann kommen eigentlich unsere Mädchen? Sie sind auch auf dem Weg nach Hause und müssten jeden Moment ankommen. Sie sind innerhalb von zwölf Monaten beide ausgezogen, unser Haus ist plötzlich ziemlich einsam und leer, aber zu Geburtstagen und zu Weihnachten kommen sie natürlich.

Doch warum haben sie keine Partner? Sie müssen ja nicht gleich heiraten, aber so ein klein bisschen Begleitung wäre doch ganz schön.

Im Grunde sehe ich das ganz gelassen. Nicht so wie Konstantin, mein Mann. Der macht sich ja richtig Sorgen, weil unsere Mädchen noch nicht unter der Haube sind und er selbst als einziger in seiner Familie immer noch keine Enkel hat. Seine kleine Schwester Karla hat da vorgelegt, die ist schon dreimal Oma. Und die Hunde seines großen Bruders Heinrich, die mehr als ein Kinderersatz sind, werfen auch schon wieder.

Also, wie gesagt, ich sehe das ganz gelassen. Inzwischen zumindest. Vor ein paar Jahren war das noch anders. Da habe ich Tarek über ein Internet-Portal gebucht, er sah gut aus und war sympathisch, als wir uns im Café in der Nähe der Universität getroffen haben. Ich habe ihn auf Pia angesetzt, unsere Große. 3.000 Euro hat mich der Spaß mit der Zeit gekostet, dafür ist er dann gleich sechs Jahre bei ihr geblieben. Das war sechsmal zusammen Weihnachten, also 500 Euro pro Fest. Kein ganz billiges Geschenk, aber es hat Spaß gemacht mit Tarek.

Irgendwann wollte er schon wieder neues Geld; ich dachte aber, er bleibt sowieso bei Pia und habe abgelehnt. Von uns hat ihn dann keiner jemals mehr wiedergesehen.

Lea, die Jüngere, macht überhaupt keine Anstalten, sich zu binden. Was habe ich alles versucht: Daniel, Simon, Christoph – die anderen Namen habe ich alle schon wieder vergessen. Die hundert Euro Startkapital haben sie alle gern genommen, aber Lea ließ sie sämtlich abblitzen. Bei Björn hat es zumindest ein paar Monate geklappt, aber Weihnachten hat er einfach gekniffen, ist entgegen des rechtsgültigen Vertrages, den wir geschlossen hatten, zu seiner eigenen Familie gefahren. Daraufhin wurde dann der Geldhahn abgedreht, und von Björn redet heute keiner mehr.

Das Gemüse brennt langsam an, es ist wohl doch nicht genug Wein dran, scheint mir, und ich drehe gerade die Platte runter, als es endlich an der Hautür klingelt. Konstantin reißt die Tür auf, ich stehe zwei Meter hinter ihm, es wird entzückt aufgeschrien, umarmt und dann gekreischt. Lea war immer schon ein Papakind, bestimmt hat sie deshalb keinen Freund. Neben ihr steht ein kleiner Junge, den sie uns als Jakob vorgestellt.

„Mein Freund", sagt Lea, „er will mich heiraten. Und ich ihn auch. Ich kenne ihn aus der Schule." Lea ist jetzt Grundschullehrerin, und die halbe Klasse ist in sie verliebt.

„Ja, ich liebe die Lea", sagt der Kleine. „Und eigentlich bin ich ein Mädchen, guckt mal mein schönes Kleid."

Es sieht toll aus, mit Blumenmuster und so. In der Hand hat Jakob eine Barbie-Puppe.

„Kommt rein", sage ich. Mir ist alles Recht. Ich trinke heimlich in der Küche einen großen Schluck Wein.

Kurz darauf klingelt es wieder. Auch Pia ist nicht allein gekommen. Neben ihr steht Philipp, fünf Jahre alt und ihr künftiger Ehemann, wie sie uns verrät. Er ist ihr Patient in der Ergotherapie-Praxis. „Es ist der erste Mann, der mich nicht dauernd nervt oder irgendetwas von mir fordert", sagt Pia. Sie sieht glücklich aus. Philipp versteckt sich hinter ihrem Bein. „Ich wünsche mir Pia zu Weihnachten", stammelt er verlegen.

Ich trinke mein gerade erst wieder aufgefülltes Weinglas auf Ex leer. Gut, ich habe mir gedacht, Begleiter für meine Töchter wären ganz schön, aber irgendwie habe ich mir die größer vorgestellt.

Unwillkürlich denke ich an Patrick und Rizalyn, die jetzt mit ihren Eltern ein Sechs-Gänge-Menü genießen und von ihrem Eheglück berichten dürften. Ok, ich will nicht gerade dabeisitzen, aber ein bisschen neidisch bin ich schon.

Eine halbe Stunde später klingelt es wieder. Nachbarin Ingrid steht mit tränenverschmierten Augen vor der Tür. „Mir geht es gar nicht gut", sprudelt es aus ihr heraus. „Stellt euch vor, Rizalyn will sich scheiden lassen. Sie hat Patrick nur geheiratet, um ein Visum für Deutschland zu bekommen. Jetzt hat sie seit ein paar Wochen ein eigenes Aufenthaltsrecht, und schon lässt sie ihn sitzen. Dabei waren sie so glücklich. Als sie vor einigen Wochen an der Ostsee ..."

Ingrid setzt ganz offensichtlich zu einem ihrer längeren Monologe an, und so stelle ich meine Ohren auf Durchzug, sage noch dreimal „Ja" und bitte sie irgendwann herein. Im Wohnzimmer sitzen Pia und Philipp und daneben Lea und Jakob auf dem Sofa. Die Jungs sind vor ihrem Süßigkeitenteller eingeschlafen.

Ingrid bricht in Tränen aus. „Das sieht so friedlich und so ehrlich aus", schluchzt sie. „Ihr habt es so gut. Ich beneide euch so."

Dem weiteren Wortschwall folge ich nicht. Ingrid hat Recht, denke ich.

Und schenke mir schnell noch einen Schluck Wein nach.

Die Frau und ihr Henry

Der Arbeitstag war öde gewesen, und wie fast jeden Tag fuhr Thomas nach Feierabend, kurz bevor er Bonn erreichte, erst einmal in einen Stau. Nun, genauer formuliert, fuhr er nicht in den Stau, sondern bildete mit all den anderen Autofahrern eben jenen Stau. Im Schritttempo überquerte er die Nordbrücke, bis er einige hundert Meter später die Autobahn verließ und die nicht minder überfüllte Reuterstraße erreichte, von der er später nach Kessenich rechts abbiegen wollte. Dort wohnte er zusammen mit seiner Frau und dem Sohn in einem kleinen, aber feinen Eigenheim im Rurweg.

Vor ihm versuchte ein besonders ungeduldiger BMW-Fahrer, durch ständige Spurwechsel seine Position zu verbessern.

Was für ein blödes Arschloch, dachte Thomas und schaute zu, wie der BMW fast quer stehend beide Spuren blockierte und das letzte bisschen Verkehrsfluss auch noch lahmlegte. Um ihn herum wurde gehupt, Thomas selbst nahm die Situation relativ gleichgültig hin. Er würde den Stau schließlich weder durch Hupen noch durch lautes Fluchen auflösen können.

Sein Mobiltelefon, das er auf den Beifahrersitz gelegt hatte, weil seine Frau Ute ihm vor oder während der Nachhausefahrt häufiger mal ein paar Einkaufswünsche mitteilte, signalisierte den Eingang einer SMS. Ute schickte eine Nachricht, in der sie ankündigte, dass sie chinesisch gekocht hatte. Er freute sich aufs Essen und auf einen ruhigen Abend mit ihr.

Zehn Minuten später erreichte er endlich Kessenich, stellte den Volvo auf dem Parkplatz vor dem Haus ab und stieg aus. Hinter dem

Haus leuchtete die Sonne auf den Posttower, der mit seinen 162 Metern längst so etwas wie ein Wahrzeichen Bonns war.

Thomas ging hinein, Ute begrüßte ihn mit einem flüchtigen Kuss und sagte: „Wir können gleich essen."

„Ich komme sofort", sagte er und lächelte sie an. Er stellte seine Tasche ab und legte das Mobiltelefon auf den Schreibtisch. Dann ging er ins Badezimmer, um sich das Gesicht abzukühlen und die verschwitzten Hände zu waschen. Als er das Bad wieder verließ, kam auch Nick aus seinem Zimmer, murmelte etwas wie „Hi, Dad" und setzte sich an den Esstisch. Thomas ging zum Kühlschrank, holte etwas Weißwein heraus, deckte für sich und seine Frau Gläser und setzte sich auch. Inzwischen war Ute mit dem Reis und dem Gemüsetopf gekommen.

Alles war eingespielt – das galt für das Abendessen wie für ihren gesamten Alltag. Und auch für ihre Beziehung.

Sie aßen, ohne viel zu sprechen. Dann brummte Utes Handy. Sie wischte über den Bildschirm, lächelte kurz, tippte etwas ein und verkündete dann, dass sie noch mit Heike ins Kino gehen werde.

„Oh", sagte Thomas. „Ich hatte mich auf einen schönen gemeinsamen Abend mit dir gefreut."

„Ich bin ja nicht ewig weg", sagte sie nur. Wieder ging eine Textnachricht bei ihr ein, wieder antwortete sie.

Dann fing auch Nick an, etwas in sein Handy zu tippen. „Wir wollen nach dem Training noch im Park abhängen", teilte er wenig später mit. Nick war 15 und, wie viele in seinem Alter, vom Leben etwas gelangweilt und vielleicht auch überfordert. Ohne den Fußball hätte er gar keinen Halt, dachte Thomas nicht zum ersten Mal. „Ok, aber um zehn bist du wieder zu Hause. Morgen ist Schule", sagte er und kam sich im selben Augenblick ziemlich spießig vor.

In diesem Moment surrten die Telefone von Ute und Nick gleichzeitig. Immerhin hatten sie sich in der Familie darauf verständigt, dass die Telefone im Haus stumm geschaltet werden. Mehr ging nicht, aber Thomas versuchte es noch einmal.

„Sollen wir nicht doch mal beim Essen auf das Handy am Tisch verzichten?", fragte er in die Runde, doch Nick verdrehte nur die Augen, während er den Messenger-Dienst wegwischte, mit dem er vermutlich gerade seinen Kumpels geantwortet hatte, dass sein Alter nur bis 22 Uhr erlaube, er aber erst um 22.30 Uhr beabsichtige, nach Hause zu gehen. „Papa, das Thema haben wir doch längst geklärt. Wir leben nicht mehr im Jahr 1990. Es gibt nun mal Handys, und jeder benutzt sie."

Ute sagte gar nichts zu seinem Vorschlag, sondern hielt ihm ihr Mobiltelefon hin: „Sieh mal, Heike hat ein neues Profilbild. Sie sieht super aus, oder?"

Thomas nahm einen Bissen vom Essen und schaute kurz auf das Bild. „Ja, ein hübsches Foto. Aber ich möchte trotzdem lieber ohne diese ganzen SMS in Ruhe essen."

Nick verdrehte demonstrativ die Augen: „Das ist WhatsApp, das sind keine SMS."

„Und jetzt ist die Zeit, wo ich mich verabrede", sagte Ute. „Wenn ich nicht sofort antworte, fragt Heike doch jemand anderen."

Thomas gab auf. Für seinen Geschmack hatte seine Frau viel zu oft das Telefon in der Hand, gefühlt nämlich immer, sie nahm es nachts sogar mit ans Bett, und ständig verschickte sie Nachrichten und Fotos, leitete kleine Filmchen weiter oder postete etwas bei Facebook oder Instagram. Das war nicht seine Welt, er nutzte sein Handy zum Telefonieren und schrieb gelegentlich Nachrichten an seine Familie. Ansonsten konnte er auch mal stundenlang vergessen, wo er sein Telefon abgelegt hatte. Für Ute wäre das undenkbar. So viele Stunden, wie sie mit ihrem Handy herumhantierte, konnte er natürlich auch nicht wissen, ob sie wirklich nur Texte und Bilder mit ihren Freundinnen austauschte. Gab es vielleicht auch andere Männer? Thomas hatte keine Ahnung. Aber an manchen Tagen verspürte er tatsächlich so etwas wie Eifersucht – auf ihr Telefon. „Leg das Ding doch mal weg und beachte mich etwas mehr", sagte er dann schon mal, und sie lachte nur. Wütend nannte er ihr Mobiltelefon dann „Dein Scheiß Henry", und daraufhin lachte sie noch mehr.

Gegen halb elf kamen erst Nick und dann auch Ute nach Hause, beide mit ihren Mobiltelefonen in der Hand. Selbst beim Ausziehen der Jacke legten sie es nicht weg.

Thomas ging auf seine Frau zu. „Wie war denn der Film?", wollte er wissen.

„Moment", sagte sie und öffnete eine neue Nachricht auf ihrem vibrierenden Phone. Dann tippte sie schnell eine Antwort.

Er ging weg. Es hatte keinen Sinn, er würde vergebens auf eine Antwort auf seine Frage warten, es sei denn, er würde sie per Whats-App stellen, dachte er. Frustriert eilte er die Treppe hoch, putzte sich die Zähne und legte sich ins Bett.

Nach einer Weile würde sie bestimmt nachkommen, sie war kein Nachtmensch. Er begehrte seine Frau auch nach mehr als 15 Jahren Ehe noch. Doch auch was die körperliche Liebe betraf, war bei ihnen seit einigen Jahren Routine eingekehrt. Nur noch selten konnte er sie für Sex begeistern, und wenn, dann hatte er mitunter das Gefühl, dass sie den Akt, anders als früher, recht freudlos über sich ergehen ließ.

„Du bist ja so plötzlich im Bett verschwunden", sagte sie, als sie wirklich schon bald nach ihm ebenfalls ins Schlafzimmer kam. Sie sah gut aus mit ihrem abgeschminkten Gesicht, natürlicher als vorhin, und unter dem Nachthemd erahnte er ihre schönen Brüste. Er war erregt.

Sie legte sich neben ihn, er begann gerade, ihren Arm und ihre Schulter zu streicheln, als es neben ihr vibrierte. Von da an widmete sich Ute intensiv ihrem Handy, und abwechselnd hörte er das Surren von eingehenden neuen Nachrichten und ihr Tippen. Außerdem arbeitete sie sich durch die neuesten Facebook-Nachrichten, bewunderte Instagram-Fotos von Freundinnen, die Urlaubsbilder hochgeladen hatten. Hin und wieder zeigte sie ihm die Bilder, es langweilte ihn. Ihr Hier und Jetzt bestand aus Likes, er spielte gerade überhaupt keine Rolle.

Thomas stand auf, ging ins Bad und entledigte sich vor dem Spiegel seines Schlafanzugs. Dann entnahm er aus dem Badezimmerschränkchen ihren Kajalstift und malte sich eine Tastatur mit den Zahlen von 0 bis 9 auf den Bauch. Anschließend zog er eine Linie darum und zeichnete noch einen quadratischen Bildschirm darüber. Die Zeichnung auf seinem Bauch sah aus wie ein altes Nokia-Handy und nicht wie ein modernes Smartphone, aber sie erfüllte ihren Zweck. Er selbst fand sich jetzt nicht unbedingt schöner als vorher, aber vielleicht konnte er Utes Leidenschaft für ihn so neu entfachen. Bei Erfolg könnte er sich das Motiv möglicherweise etwas professioneller auf den Bauch tätowieren lassen.

Splitternackt wie er war, ging er zurück ins Schlafzimmer und legte sich ganz nah neben sie.

Muttertag

Immer wieder geht ihr Blick Richtung Telefon. Doch es klingelt nicht. Sie hebt den Hörer ab, rechnet fest damit, dass die Leitung tot ist, aber das Freizeichen ertönt ganz normal. Nichts ist kaputt, es ruft einfach niemand an.

Muttertag. Waltraud hätte schon sehr gern einen kurzen Dank für alles gehört.

Schließlich hat sie sich aufgeopfert für ihre Kinder Thorsten, Monika und Hannes, hat die drei innerhalb von vier Jahren unter Schmerzen geboren, hat ihnen in der Kindheit Geborgenheit geschenkt, hat ihnen jeden Abend vorgelesen, hat sie gefördert, damit sie neben all den anderen Kindern aus den geburtenstarken Jahrgängen der 60er Jahre eine bestmögliche Bildung erhalten. Und es hat insgesamt ganz gut funktioniert. Alle drei stehen mitten im Leben, kommen klar, verdienen ordentlich, haben selbst Familien gegründet, die beiden Ältesten zumindest. Hannes lebt alleine, überhaupt redet er nicht viel über sein Privatleben und ist eher der ruhige Typ. Der sehr ruhige Typ. Aber er wirkt nicht unglücklich. Manchmal glaubt sie, dass er schwul ist.

Noch einmal der Blick rüber zum Telefon. Stumm. Es tut sich nichts. Dabei ist es schon gleich 13 Uhr. Als ihre eigene Mutter Hildegard noch lebte, hat sie schon morgens ganz früh angerufen, um ihr zu gratulieren, um ihr Anerkennung zu zollen für die Leistung, sie und ihre fünf Geschwister in schwierigen Zeiten liebevoll groß gezogen zu haben. Nach dem Krieg haben ihre Eltern es geschafft, die Familie durchzubringen, immer irgendwo etwas zu essen aufgetrieben. Ihre Mutter hatte den Hauptanteil daran und brachte nebenbei noch die beiden jüngsten Geschwisterchen zur Welt. Vater suchte in der Zwischenzeit nach Arbeit und nahm jeden Job an, um etwas Geld zu verdienen, bis das Leben wieder halbwegs geregelt verlief.

Es gelang ihnen, wieder Fuß zu fassen nach der Vertreibung aus Breslau, wo Waltraud und auch drei ihrer Geschwister geboren wurden, bevor die Stadt nach den schlimmen Kämpfen um die von den Nazis ernannte „Festung" und dem Ende des Zweiten Weltkriegs unter polnische Verwaltung gestellt und Mutter und die Kinder im Jahr 1946 zwangsweise ausgewiesen wurden. Später kam Vater aus britischer Kriegsgefangenschaft, und die Familie fand in Siegen wieder zusammen. Die kalten Winter, der Hunger. Waltraud erinnerte sich noch genau, auch wenn sie damals gerade erst sechs Jahre alt gewesen war. Sie war das älteste der fünf Kinder, früh dazu gezwungen, Verantwortung zu übernehmen, denn die Kleinen brauchten noch mehr Aufmerksamkeit als sie. Also half sie, irgendwo heimlich Kartoffeln auszugraben, Kürbisse von Feldern mitzunehmen und essbare Kräuter vom Straßenrand einzusammeln, damit die Familie nicht verhungerte. Es waren schlimme Zeiten. Sie wohnten in einer winzigen Wohnung, zwangsweise einquartiert bei Einheimischen, und die Siegerländer gaben ihnen zu allem Überfluss regelmäßig zu verstehen, dass sie die Flüchtlinge nicht sonderlich schätzten und ihnen höchst ungern Platz machten. Aber Mutter war zu allen immer nett geblieben, und mit der Zeit hatten die Alteingesessenen sie als Neubürgerin akzeptiert.

Aber wie kommt sie jetzt darauf? Ihre Gedanken weichen ab. Ihre Mutter hat sehr viel geleistet im Leben, das wollte sie sich vor Augen führen. Und Waltraud hat ihr dafür gedankt, auch mit dem jährlichen Anruf zum Muttertag. Für sie war das eine Selbstverständlichkeit – und auch eine Form der Achtungserweisung.

Sie selbst hat auch eine ganze Menge geschafft. Mit 16 begann sie die Lehre, mit 20 lernte sie Herbert kennen, heiratete und bekam Monate später das erste Kind, Thorsten. Während ihr Mann das Haus baute, kümmerte sie sich um die Erziehung und den Haushalt. Bald kam auch Monika, es war anstrengend mit dem ständig schreienden Kleinkind, das ihren Bruder wegen der Koliken im Bauch nachts immer wieder weckte und tagsüber nahezu ununterbrochen ihre volle Aufmerksamkeit einforderte. Bis das Haus fertig war und die Kinder jeweils ihr eigenes Zimmer bekamen, war vieles provisorisch gewesen, aber Waltraud hatte nicht gemurrt, sondern sich liebevoll um die Kinder gekümmert. Auch um Hannes, der zwei Jahre nach Monika zur Welt kam. Mehr Kinder wollten Herbert und sie nicht.

Sie hat den Kindern nicht allzu viel erzählt von den entbehrungsreichen 40er und 50er Jahren, die für sie als Kind und Jugendliche wahrlich kein Zuckerschlecken waren. Und auch die 60er waren nicht gerade vergnügungssteuerpflichtig: Ihre Kinder waren klein, also ging sie nicht zu den Beat-Partys wie einige ihrer Freundinnen, sondern stellte sich in den Dienst Herberts und der Kinder, damit die Familie es schön hatte.

Vor Jahren hat sie den Kindern mal sehr deutlich gesagt, wie sehr sie sich freuen würde, wenn sie sich am Muttertag irgendwie erkenntlich zeigten. Thorsten hatte nur gelacht und irgendwas erzählt, dass die Nazis den Muttertag erfunden hätten, und das sei doch alles ideologische Scheiße. Von ihr hat er diese Ausdrucksweise übrigens nicht gelernt. Die beiden anderen schlossen sich ihm an, sagten aber zu, sich bei ihr zu melden, wenn es ihr denn so wichtig sei.

In den Folgejahren riefen Monika und Hannes ein paar Mal am Muttertag an, Monika aber nur, wenn sie zufällig mal daran dachte, und Hannes nur zwei- oder dreimal, dann war der gute Vorsatz wieder dahin. Von Herzen kam das alles nicht.

Waltraud öffnet die Haustür, probiert die Klingel aus. Alles funktioniert. Niemand steht unangemeldet mit Blumen vor der Tür. Sollte sie Schlangen an ihrer Brust genährt haben?

Erst kürzlich, an seinem Geburtstag, hatte sie Thorsten noch einmal daran erinnert, dass sie gern mehr Besuch hätte, weil sie oft einsam in dem großen Haus sei und auch die Enkel Felix und Marco gern öfter sehen würde. Überhaupt sei Familie ein Wert, den ihre Kinder etwas mehr schätzen sollten. Und zumindest am Muttertag sei doch wohl ein Anruf nicht zu viel verlangt. Er hatte sich das alles angehört. Und heute? Nichts. Warum funktioniert ihre Familie eigentlich nicht?

Sie fasst einen Entschluss. Thorsten wohnt nicht allzu weit von ihr entfernt. In einer halben Stunde kann sie bei ihm in Hilchenbach sein. Sie wird ihm zeigen, wie wichtig es ihr ist, dass man ihre Leistung als Mutter anerkennt, egal, wer den Muttertag erfunden und für seine Zwecke genutzt haben mag. Sie wird ihm als dem Ältesten deutlich machen, dass etwas Dankbarkeit der Mutter gegenüber einfach angebracht ist, vor allem, wenn die Mutter langsam älter wird.

Waltraud ist mit ihren 78 Jahren noch ziemlich fit, eine rüstige Witwe, wie man so sagt. Sie zieht sich Schuhe an und eine Jacke über, schließt die Haustür hinter sich zu und öffnet die Garage. Dort steht noch der alte VW Golf ihres vor drei Jahren gestorbenen Mannes Herbert, ein Automatik-Wagen, der ihr noch gute Dienste leistet. Sie rollt vorsichtig vom Hof, biegt ein paar Mal ab, verlässt dann Siegen in Richtung Kreuztal und folgt dort der Landstraße nach Hilchenbach. Werktags ist hier alles verstopft, aber weil Sonntag ist, kommt sie zügig durch.

In Hilchenbach parkt sie genau vor Thorstens Haus. Wände und Dach sind mit Schiefer gedeckt, es sieht schick aus, doch der Vorgarten könnte für ihren Geschmack etwas gepflegter sein. Überall kommt das Unkraut raus, da müssten er und Susanne mehr Wert darauf legen. Vielleicht hat er keine Zeit für den Garten, denn seine verant-wortungsvolle Arbeit in der Metallverarbeitung nimmt ihn arg in An-spruch, wie Waltraud weiß. Aber Susanne könnte es tun. Es ist wohl nicht so ihr Ding. Doch sonst hat Thorsten mit Susanne wirklich Glück gehabt, denkt Waltraud, als sie auf die Haustür zugeht und auf den Klingelknopf drückt.

Marco, der jüngste Sohn von Thorsten, macht auf. „Hallo Oma," sagt der Neunjährige und reißt die Tür weit auf. „Wir sind alle im Wohnzimmer."

Susanne lacht ihr aus der Küche zu, begrüßt sie und begleitet sie in den Wohnraum. Es wirkt alles so selbstverständlich, Susanne fragt auch nicht, was der Grund ihres Besuchs ist. Vielleicht sollte sie ein-fach öfter mal spontan hier vorbeikommen. Waltraud besucht ihre Kinder eher selten, und wenn, dann eigentlich nur, wenn sie eingela-den wird. Mit dem Telefonieren ist es ähnlich. Es ist doch wohl Auf-gabe der Kinder, sich bei der Mutter zu melden, und nicht umgekehrt, findet sie.

Als sie ins Wohnzimmer tritt, traut Waltraud ihren Augen nicht: Thorsten, Monika und Hannes sitzen nebeneinander auf dem Sofa und lachen. Vor ihnen steht ein Pappkarton mit alten Fotos. Monikas Mann Heiner sitzt etwas abseits und blättert in einer Zeitschrift. Felix und Marco spielen auf dem Boden.

Waltraud staunt über die sich ihr bietende Idylle. Aber eigentlich ist die fast naheliegend: Denn Monika und ihr Mann wohnen in Bad Ber-leburg, wo sie in einer der vielen Kliniken Arbeit gefunden haben. Auch sie brauchen nur eine halbe Stunde bis Hilchenbach. Hannes fährt etwa 90 Minuten; er ist nach seinem Studium in Marburg hän-gengeblieben und betreibt dort einen Buchladen.

Thorsten greift in die Kiste und holt ein Bild heraus, auf dem Hannes ein riesiges Pflaster auf der Stirn hat.

„Weißt du noch, wie du mit dem Roller gestürzt bist und dir die Platzwunde geholt hast?", fragt Thorsten gerade seinen jüngeren Bruder. Hannes fasst sich an den Kopf.

„Du musstest genäht werde und hast jedem erzählt, dass du eine drei Meter lange Narbe hast. Dabei war sie natürlich nur drei Zentimeter lang", prustet Thorsten.

Monika laufen die Tränen vor Lachen das Gesicht runter. Die drei erzählen sich weitere Geschichten von früher und bemerken gar nicht, dass ihre Mutter im Raum steht.

Ein bisschen kommt Waltraud sich überflüssig vor. Warum ist sie eigentlich nicht zu dieser Feier eingeladen worden? Für einen Moment überlegt sie, ob sie ohne ein Wort zu sagen, wieder nach Hause fahren soll.

„Wir hatten alles in allem eine tolle Kindheit", stellt Hannes in diesem Augenblick fest, und die anderen nicken zustimmend. „Ich war eigentlich immer glücklich, wenn ich so zurückdenke. Und unsere Eltern haben uns wirklich behütet aufwachsen lassen."

Das ist der Zeitpunkt, an dem sich schließlich Susanne zu Wort meldet. „Wir haben übrigens noch mehr Besuch bekommen. Darf ich vorstellen: eure Mutter", sagt sie.

Alle schauen hoch. „Oh, wo kommst du denn her?", fragt Thorsten, erwartet aber keine Antwort. „Setz dich doch zu uns, wir schauen alte Fotos an."

Waltraud zögert einen Moment, aber dann klettert sie zwischen ihre Kinder aufs Sofa. Eine Weile schwelgen sie gemeinsam in Erinnerungen, als wäre das die größte Selbstverständlichkeit der Welt. Dabei machen sie das sonst nie.

„Danke, Mutti, für das, was du für uns alle getan hast", sagt Monika, als sie einpacken, weil gleich der Kaffeetisch gedeckt wird. Waltraud denkt, sie hört nicht richtig. War das ihre Tochter, die das gesagt hat? Rührung überkommt sie.

Kurz bevor sie sich an den Tisch setzen, rennt Marco mit einem Blatt Papier zu Susanne, die gerade in der Küche einen der beiden Kuchen anschneidet. „Schau mal, was ich dir gemalt habe. Das sind wir, wie wir im Garten grillen."

Waltraud, die gerade die Kaffeemaschine anschaltet, wirft einen kurzen Blick auf das Bild, das ihre Schwiegertochter überreicht bekommen hat. Darauf sieht man Thorsten am Grill stehen und Susanne mit Felix und Marco essend am Tisch.

„Bekommst du immer so schöne Bilder zum Muttertag geschenkt?", will Waltraud wissen.

„Ist heute Muttertag?", fragt Susanne.

Jesus lebt

Alexandra schreckt auf. Es ist Heiligabend, der Tag, an dem Jesus vor gut 2.000 Jahren in Bethlehem zur Welt kam. Später wirkte er bekanntlich unter anderem im Norden Jordaniens sowie am See Genezareth und vor allem in Jerusalem. Einige seiner Wirkungsstätten hat Alexandra vor kurzem besucht und – ja, warum soll sie das nicht sagen – sie war Jesus nähergekommen.

Schnell springt sie aus dem Bett und bereitet das Frühstück vor. Es ist Viertel nach sechs, und ihr Mann Pedro schläft noch. Ihre Tochter Carla aber steht bereits in der Bäckerei und verkauft den Ungeduldigen die ersten Brötchen des Tages. Alexandra hat eine genaue Vorstellung davon, was gerade dort abläuft.

Warum stehen die Leute freiwillig so früh auf, wird Carla halblaut vor sich hinmurmeln: Wenn alle etwas länger im Bett blieben, hätte ich auch etwas davon und könnte eine Stunde später anfangen. Seufzend wird sie fünf helle Brötchen zum Sonderpreis in eine Tüte packen. „Darf es noch etwas Kuchen oder eine Limonade dazu sein?", wird sie dann den Kunden fragen. „Wir haben heute Käsekuchen im Angebot." Carla hasst diese Sätze, aber der Filialleiter besteht darauf. Der Umsatz muss schließlich stimmen. „Nein, will ich nicht", wird der Brötchenkäufer genervt knurren, „sonst hätte ich es ja gesagt." Die arme Carla.

Nach dem Frühstück mit Pedro – es ist inzwischen kurz vor neun Uhr – macht sich Alexandra an den Tannenbaum. Carla hat ihn schon geschmückt, und er ist eigentlich ganz schön geworden, aber das Wichtigste fehlt noch. Aus dem Schränkchen holt Alexandra ihre neue Errungenschaft. Eine Krippe, original nachgebaut nach dem Vorbild der Geburtskirche in Bethlehem. Sie hat sie ganz preiswert bekommen – für 1.990 Euro. Vorsichtig wickelt sie das Jesuskindchen aus dem Papier und legt den Kleinen zärtlich auf das winzige Krippchen mit dem Heu. „Na, du mein kleiner Erlöser. Heute ist dein Geburtstag. Das werden wir schön feiern."

Pedro kommt rein. „Ich muss mal in die Stadt", grummelt er. „Es ist Weihnachten, da muss ich wohl noch ein paar Geschenke kaufen." Wie immer besorgt er alles auf den letzten Drücker. Er hat bestimmt noch kein einziges Geschenk, denkt Alexandra, als Pedro sich auf sein Fahrrad schwingt und losfährt. Es regnet in Strömen.

Alexandra kümmert sich weiter um die Krippe, und schon vier Stunden später ist sie fertig. Sie schaut auf das liebliche Bild – es sieht perfekt aus. Die Hirten, die Könige aus dem Morgenland, die Sternschnuppen – alles hat seinen Platz. Als Innenarchitektin schafft sie so etwas natürlich problemlos. Ihre beste Freundin Monika hat mit dem Aufbau ihrer Krippe schon Ende August angefangen und ist trotzdem unzufrieden. Dabei hat sie die Anordnung gleich mehrfach mit dem Pfarrer besprochen.

Pedro kommt leicht bepackt nach Hause. Er sieht nur bedingt zufrieden aus und zieht sich sofort in sein Arbeitszimmer zurück. „Ich muss noch ein paar Gutscheine basteln", erklärt er.

Das Telefon klingelt. Es ist Barbara, die mit ihrem Freund Egon immer noch in der Rhön wohnt. Alexandra und sie sprechen lange miteinander. Als sie mal wieder die Geburt Jesu, des Messias, erwähnt, meint sie zu erkennen, dass Pedro, der sich gerade etwas zu trinken holt, etwas irritiert schaut. Er versteht halt nicht alles, was in ihr vorgeht. Nach nur zweieinhalb Stunden beendet Alexandra das Telefonat.

Inzwischen ist es fast 18 Uhr, und Alexandra macht sich daran, das Essen vorzubereiten. Weil sie eine besondere Überraschung vorgesehen hat, geht das diesmal sehr schnell. Eine Viertelstunde später kommt Carla von einem Treffen mit Freundinnen zurück. Pedro hat seine Geschenke schon unter dem Weihnachtsbaum platziert, Carla und Alexandra holen ihre Sachen auch. „Was ist das denn hier für ein Scheiß?", fragt Carla und zeigt auf die Krippe. Alexandra versucht ihr zu erklären, was es mit Jesu Geburt und der Erlösung der Menschheit durch den Kreuzigungstod auf sich hat. Doch Carla schiebt die Krippe einfach weg: „Ich brauche den Platz für meine Geschenke. Tschüss, Brian!" Und schon ist Jesus mit seinen Begleitern in der Ecke verschwunden. Dafür liegen alle Geschenke unterm Baum. „Bald kann die Bescherung losgehen", freut sich Carla.

Die drei setzen sich an den Tisch, doch Carla und Pedro wirken verwundert. Vor ihnen liegen gerade einmal zwei trockene Brötchen. Alexandra erklärt: „Der Herr wird uns das Brot jetzt vermehren. Er hat ganz Israel satt bekommen, da wird für uns doch auch etwas Aufschnitt herausspringen."

Sie sagt ein Gebet auf und bittet Jesus inbrünstig um weitere Speisen. Es passiert − nichts. Nach lautem Murren von allen Seiten isst jeder danach ein halbes Brötchen. Zum Glück ist noch etwas Käse im Kühlschrank, so dass sie es nicht ganz trocken verzehren müssen.

„Was wollt ihr trinken?", fragt Pedro die beiden Frauen. „Es gibt Champagner, Aperol-Spritz und den Chardonnay vom Weinladen an der Ecke. Und all das, ohne dass Jesus Wasser in Wein verwandeln musste."

Alexandra wirft ihm einen gehässigen Blick zu. „Ich nehme heißes Wasser", sagt sie dann.

„Für mich Apfelschorle", betont Carla.

Pedro macht für sich daraufhin einen Pfefferminztee.

Das Telefon klingelt. Es ist Barbara. Sie wünscht allen ein gesegnetes Weihnachtsfest und kann von einem Wunder berichten. „Jesus hat mich von meinen Oberlippenschmerzen befreit. Es tut nur noch ein ganz kleines bisschen weh." Dann ergänzt sie noch: „Und als ich neulich in Jerusalem war, ist mir der Auferstandene auf dem Weg nach Emmaus erschienen. Genau wie damals den Jüngern. Halleluja". Alexandra ist beeindruckt und hat trotz der gescheiterten Brotvermehrung nicht den kleinsten Zweifel mehr an der Güte des Messias. „Jesus hat Barbara geheilt", ruft sie laut.

„Wenn das so ist, dann soll er Lutz doch bitte mal von seinen Plattfüßen befreien", ruft Carla genervt. „Können wir jetzt endlich die Geschenke auspacken?" Sie will nachher noch zu Lutz, ihrem Freund, der bis nachmittags im Sportstudio arbeitet.

„Noch nicht", ruft Alexandra. „Erst lese ich noch ein paar Stellen aus der Bibel vor. Die Geschichte von Jesu Geburt."

„Die Geschichte kenne ich doch vom ‚Leben des Brian'", meint Carla noch, aber der halbherzige Protest kommt zu spät, Alexandra hat bereits angefangen. Sie trägt eine halbe Stunde vor und ist überzeugt, dass ihr ein ziemlich perfekter Gottesbeweis gelingt. Beim Lesen meint sie dennoch zu sehen, wie Pedro unter dem Tisch versucht, sein Mobiltelefon ans Laufen zu bekommen.

Dann niest Carla laut. Sofort reicht Alexandra ihr die neben ihr stehenden homöopathischen Kügelchen gegen Schnupfen. Carla verdreht die Augen. „Lutz hat viel bessere Pillen", sagt sie. „Die machen dicke Muskeln, und deshalb sieht der auch nicht so vertrocknet aus wie Jesus oder Papa, diese Waschlappen."

Niemand sagt etwas dazu.

„Wir können mit den Geschenken beginnen", unterbricht schließlich Alexandra das Schweigen.

Carla bekommt das erste Geschenk. Es ist von ihrer Mutter. „Oh, eine Bibel", sagt sie und klingt etwas enttäuscht. „Ja, und die musst du auch wirklich lesen, darin findest du Antworten auf alle Fragen des Lebens", meint Alexandra.

„Ja, Mama, klar."

„Was machst du denn da?", fragt Alexandra laut in Pedros Richtung, der schon wieder unter dem Tisch herumgefummelt hat. Erwischt legt Pedro sein Handy auf den Tisch. „Schreibst du etwa SMS?", stellt ihn Alexandra zur Rede. Doch was sie dann sieht, ist noch schlimmer: Es läuft ein YouTube-Video, auf dem die schönsten Tore von Marco Reus im Trikot von Borussia Dortmund zu sehen sind. Pedro schaut verlegen zur Seite.

Carla bekommt inzwischen eine weitere Bibel überreicht, diesmal mit Ledereinband.

Pedro packt einen BVB-Schal, eine BVB-Tasse, einen zweiten Satz BVB-Bettwäsche, eine BVB-Mütze und einen Ball aus, der von allen Spielern unterschrieben ist. „Geil", schreit er. „Seht mal, da ist die Unterschrift von Marco Reus. Obwohl er so lange verletzt war, hat er mit dem ganzen Team unterschrieben." Der zwanzig Minuten dauernde Vortrag über seine Helden von Borussia Dortmund interessiert aber niemanden. In der Zwischenzeit freut sich Carla über das nächste Geschenk, ein Neues Testament in englischer Sprache.

Alexandra erzählt gerade, wie Jesus einen Blinden wieder sehend gemacht hat, als Carla ihr ein Geschenk überreicht. Es ist ein Kochbuch, aber Alexandra ist noch ganz in ihrer Jesus-Geschichte gefangen. „Mama, das ist ein Kochbuch von Jamie Oliver. Der kocht besser als du und sieht besser aus als Jesus." Beide Aussagen tun Alexandra sehr, sehr weh. „Und er sieht auch besser aus als Marco Reus". Der Satz dürfte auch für Pedro richtig schmerzhaft sein.

Aber wo ist der überhaupt? Alexandra sieht sich fragend um und beginnt, ihren Mann zu suchen. In der Küche, im Arbeitszimmer, in den Bädern, in den Schlafzimmern – nichts. Auch im Keller ist Fehlanzeige. Aus der hinteren Ecke des Gartens hört Alexandra ein Lachen. Sie geht mit Carla zur Garage, und dort sitzt Pedro mit Freddy von gegenüber neben einem Kasten Bier.

„Trinkt deine Frau auch immer nur heißes Wasser?", fragt Pedro gerade, als sie anstoßen.

„Ja, und dazu redet sie immer ganz euphorisch von Jesus und dem Dalai Lama", stöhnt Freddy.

Alexandra und Carla ziehen Pedro wieder rein. Carla bekommt noch eine Bibel, sie ist mit Bildern von Jörg Immendorff illustriert. Alle essen gierig Plätzchen, denn so richtig satt sind sie von dem üppigen Abendbrot nicht geworden. Die Stimmung ist gut.

Schließlich liegt nur noch ein Geschenk unter dem Baum. Es ist von Carla, die es lächelnd Pedro überreicht. Freudig reißt er das Papier auf. Es sind Anabolika drin. „Damit du endlich auch mal Muskeln bekommst, Vati." Pedro wirft gleich die ganze Packung auf einmal ein, als wolle er gleich morgen früh seinen neuen Body präsentieren und Alexandra so von Jesus abbringen.

Das Telefon klingelt. Es ist Barbara. Sie hat noch ein paar Geschichten vom Heiland auf Lager, aber alle außer Alexandra verschwinden ins Bett. Diesmal macht sie es kurz: Nach schlappen 95 Minuten ist Schluss, und die beiden Frauen wünschen sich noch einmal eine gesegnete Weihnachtsnacht. Barbara erzählt noch, dass sie jetzt zum mitternächtlichen Gottesdienst nach Fulda fährt. „Und du, Alexandra?"

„Ach, Barbara, du weißt doch: Ich bin nicht besonders religiös. Ich gehe jetzt ins Bett."

Copy and Paint

Die Bilder leuchteten, und auch Melanie Günther strahlte. Sie war stolz auf ihre erste Ausstellung in einer Galerie, einer richtigen Galerie mitten in Wilhelmshaven, knapp 40 Kilometer von ihrem Atelier zwischen Wittmund und Esens im tiefsten Ostfriesland entfernt. Also keine Privaträume, kein Gemeindesaal der evangelischen Kirche, kein Vereinsheim und keine Arztpraxis, wo sie bisher ihre Bilder gezeigt hatte. Die Vernissage war ein großer Schritt zu mehr Professionalität, und zum ersten Mal waren auch nicht in erster Linie ihre Freunde und Bekannten da, sondern in der Mehrheit ihr völlig unbekannte Menschen, die vor den Leinwänden und Zeichnungen standen und sich, das bekam sie sehr genau mit, positiv über ihre Art zu malen, äußerten. Schlichte Formen, klare Farben, aber mit viel Raffinesse komponiert, wie es die Redakteurin der Wilhelmshavener Zeitung formuliert hatte. Sie freute sich über die Anerkennung.

Melanie trug ihr bestes Kleid, dunkelblau, dazu die Schuhe mit den mittelhohen Absätzen, und das Lächeln verschwand einfach nicht aus ihrem Gesicht – es war echt und kein bisschen aufgesetzt. Sie war aufgekratzt, aber innerlich zufrieden und glücklich. Bisher war sie immer unsicher gewesen, ob ihre Werke wirklich gut genug seien, um sie öffentlich zu zeigen. Anscheinend waren sie es.

Eine Frau mit rot gefärbten Haaren und farblich abgestimmten Ohrringen dazu kam auf sie zu und konnte ihre Euphorie kaum bremsen: „Es ist unglaublich faszinierend, wie es Ihnen gelingt, mit einfachen geometrischen Flächen eine so ungeheure Komplexität herzustellen."

„Oh, danke." So ähnlich hatte das auch schon der Kunsthistoriker Peter Carstens zur Einführung in ihre Ausstellung gesagt, und Melanie hatte sich verstanden gefühlt. Die Rothaarige verwickelte sie in ein angeregtes Gespräch, hatte aber ganz offensichtlich keine Kaufabsichten.

Während Melanie kaum von ihr wegkam, obwohl sie mehrfach versuchte, das Gespräch zu beenden, standen andere Besucher mit ihren Weingläsern vor den Bildern. Manche zückten ihre Handys oder Kameras und fotografierten ihre Bilder. Die Rothaarige ließ nicht von ihr ab, überreichte Melanie ihre Karte, die sie als Inhaberin einer Kunstschule auswies.

Die Galeristin Katja Rautenberg erlöste Melanie schließlich, indem sie sich zu ihnen stellte, lächelte und fragte: „Nun, Frau Künstlerin, wie ist das werte Befinden?"

„Eigentlich gut", antwortete Melanie. „Es ist aufregend, aber ich glaube, den meisten hat es gefallen. Oder was war Ihr Eindruck?"

Die Rothaarige verabschiedete sich. Auch sonst leerte sich der Raum jetzt ziemlich schnell.

„Ganz ähnlich", antwortete Katja Rautenberg. „Das Publikum mag ihre Bilder, auch wenn es sich mit dem Kaufen noch etwas zurückhält. Aber morgen kommen noch ein paar meiner besten Kunden, sehr interessierte Sammler, ich könnte mir vorstellen, dass sich da noch etwas tut, denn so wie ich meine Leute kenne, werden sich einige für Ihre Art des Malens begeistern."

*****

Jonathan Opitz zog die Bilder vom Fotoapparat auf den Rechner und betrachtete sie lange. In Gedanken versunken zog er an der Zigarette, kratzte sich an der Nase, sie juckte, denn der Frühling kam und mit ihm auch der Heuschnupfen. Die Bilder hatten etwas, dachte er, etwas, das ihm in seinem eigenen Werk zuletzt gefehlt hatte. Daraus ließ sich doch etwas machen, dachte er und inhalierte den Rauch tief in seine Lunge.

Seit längerem war er auf der Suche nach einer Weiterentwicklung. Er hatte fast drei Jahre lang kaum gemalt oder nur so, dass er alles gleich wieder überpinselte. Zuletzt stellte er deshalb nur alte Werke aus, Sachen, für die er bekannt war und die streng dem Prinzip der Minimal Art folgten und eigentlich vor allem rechteckige Flächen kombinierten. Fast verzweifelt suchte er für sich seit vielen Monaten nach einem neuen Dreh, nach einer Technik, die sein Werk, wenn auch nicht komplett umkrempelte, so aber doch seine Handschrift ein wenig veränderte und eine neue Schaffensperiode einleitete. Was er auf dem Bildschirm sah, entsprach ziemlich genau dem, was er sich dafür vorstellte.

Er zog die Vorhänge seines Ateliers auf, füllte sich Kaffee nach, wobei ihm auffiel, dass das auf die Tasse gedruckte Logo der Kunsthalle in Emden langsam, aber sicher verblasste, fast genauso wie die Erinnerung an seine große Ausstellung dort vor sieben Jahren. Wieder schaute er auf die Bilder auf dem Computerbildschirm und suchte dann die eingesteckte Visitenkarte: Melanie Günther, Malerin. Sie war begabt, zweifellos, ihre Art zu malen, ließ ihn nicht los, aber sie war völlig unbekannt, wie eine kurze Recherche im Internet ergab, eine von Hunderttausenden Deutschen, die vielleicht davon träumen, mal von der Kunst leben zu können, die es aber nie erreichen würden.

Jonathan Opitz holte seinen Beamer und projizierte eines der Fotos an die Wand. Wie ferngesteuert griff er zu einer Leinwand, befestigte sie und justierte den Beamer so, dass der Bildausschnitt genau die Leinwand füllte. Er holte seinen Malerkittel und die Schuhe aus dem Schrank, ergriff einen Pinsel, grundierte die Fläche und übertrug dann präzise Strich für Strich, Farbe für Farbe. Dabei staunte er mehrmals, wie wohlkomponiert das Bild war, viel komplexer als man auf den ersten Blick dachte, gerade Linien und geschwungene Linien in verschiedenen Stärken wechselten sich ab, ließen ein faszinierendes Bild entstehen, das einerseits zwar durchaus geometrisch wirkte, andererseits aber frei von jeglichen Zwängen daherkam und auch Opitz mit seiner Leichtigkeit überraschte. Hinter dem differenzierten Liniengitter gab die tiefrote Grundfarbe dem ganzen Werk den notwendigen Halt.

Nach drei Stunden betrachtete er zufrieden seine Leinwand. Er war auf dem besten Weg, seine kreative Flaute zu überwinden.

*****

Die Ausstellung in der Galerie blieb eine einmalige Sache, denn nachdem auch die angeblich so interessierten Sammler kein Bild von ihr kauften, hatte Katja Rautenberg ihr mitgeteilt, dass sie die Zusammenarbeit nicht fortsetzen könne, denn sie schätze zwar Melanies Art zu arbeiten, doch könne sie sich auf Dauer keine Ausstellungen leisten, die finanziell ein reines Zuschussgeschäft seien. Das sei bedauerlich, aber in der Marktwirtschaft müsse sie auch darauf achten, leider.

Melanie war enttäuscht, ihre Unsicherheit nahm wieder überhand, kurz wollte sie mit dem Malen ganz aufhören, aber dann ließ sie sich doch nicht von der Kunst abbringen. Ein Jahr später zeigte die Volksbank Jever einige ihrer Werke in den Kassenräumen, und zur Vernissage waren wie früher mehr Freunde und Bekannte als Unbekannte anwesend. Ein Bild verkaufte sie nicht.

So wäre ihr künstlerisches Schaffen vermutlich immer weiter völlig unspektakulär verlaufen, wenn nicht plötzlich diese Ausstellung von

Jonathan Opitz im Prinzenpalais in Oldenburg gewesen wäre. Eine gute Freundin hatte ihr empfohlen, dorthin zu fahren, die Bilder würden Melanie bestimmt gefallen, teilweise seien sie stilistisch sogar mit ihren verwandt.

Als sie nach Oldenburg fuhr, hatte sie mit allem gerechnet, aber damit nun wirklich nicht. Als Melanie den zweiten Raum der Opitz-Ausstellung betrat, stand sie vor ihrem eigenen Bild. Sie musste sich kneifen, dachte, das könne nicht wahr sein, aber es war keine Fata Morgana. Der tiefrote Hintergrund, die geschwungenen und geraden Linien an derselben Stelle stärker werdend wie bei dem Bild, was sie in ihren Atelierräumen hängen hatte. Als sie sich weiter umschaute, wäre sie fast umgefallen: Vier von sechs Bildern stimmten nahezu haargenau mit Werken von ihr überein, die beiden anderen waren zwar in einem vergleichbaren Stil gemalt, hatten aber kein Original in ihrem eigenen Oeuvre und waren, wie sie nebenbei bemerkte, auch die schwächsten Bilder in dem Raum.

Melanie ging näher an das rote Bild heran, auch die Mischung von Acryl- und Ölfarbe war nahezu identisch, und wenn sie nicht vorhin zu Hause noch vor ihrem eigenen Bild gestanden hätte, wäre sie überzeugt davon gewesen, dass ihr ein Bild gestohlen worden war. Sie starrte rechts unten in die Ecke, und dort stand die Signatur „JOPI", die Jonathan Opitz, ein in Norddeutschland seit Jahren ziemlich bekannter Maler, unter seine Werke setzte.

Sie musste sich erst einmal hinsetzen, ihr wurde plötzlich ganz heiß und sie zog ihre Jacke aus. Noch immer konnte sie sich nicht erklären, was hier gerade vor sich ging. Dann, als sie wieder halbwegs klar denken konnte, machte sie mit ihrem Handy Fotos von allen Werken, die Kopien ihrer Bilder waren, aber fälschlicherweise vorgaben, es handele sich um kreative Schöpfungen von Jonathan Opitz.

Wieder zu Hause suchte sie den Maler erst einmal im Netz und fand heraus, dass er 1956 in Oldenburg geboren worden war und seitdem dort lebte und arbeitete. Seine Werke hatte er schon in ganz Deutschland gezeigt sowie in Galerien und Museen in den Niederlanden, in Frankreich, Dänemark, Polen, Österreich und der Schweiz. Er stand nicht gerade auf einer Stufe mit Gerhard Richter oder Georg Baselitz, war aber schon eine mittelgroße Nummer im Kunstbetrieb. Das einzige Foto auf der Homepage zeigte ihn in seinem Atelier, darauf trug er einen tief ins Gesicht gezogenen Hut und eine Zigarette in der Hand. Irgendwie kam er ihr bekannt vor. War Jonathan Opitz womöglich Besucher in ihrer Ausstellung in der Galerie in Wilhelmshaven gewesen? Sie war sich nicht sicher, aber dort hatten alle Bilder, die er kopiert hatte, gehangen. Aber war es möglich, dass sich ein Mann seines Renommees und seiner Qualität dazu herabließ, ihre Bilder abzumalen?

Melanie spürte, wie Wut in ihr hochstieg, sie lief nervös auf und ab, dann fotografierte sie auch ihre eigenen Bilder und verglich die Aufnahmen mit denen aus dem Prinzenpalais. Sie waren kaum zu unterscheiden – abgesehen von den Signaturen in der Ecke. Voller Empörung öffnete sie ihr Mail-Programm, fügte die auf Jonathan Opitz' Homepage gefundene Adresse ein und forderte ihn auf, zur Entstehung der Plagiate Stellung zu nehmen. Die Fotos schickte sie als Beweis mit. Das würde sie sich nicht gefallen lassen.

Eine Antwort bekam sie nicht, weder am selben noch am nächsten Tag, noch irgendwann später, so dass sie sich auf Anraten eines Freundes entschloss, einen Anwalt einzuschalten. Der Jurist war spezialisiert auf Handels- und Seerecht und nicht auf Urheberfragen, doch einen Experten für Urheberrecht gab es in Wilhelmshaven und Umgebung überhaupt nicht. Gleichwohl setzte er einen Schriftsatz auf, der es an Deutlichkeit nicht vermissen ließ. Doch auch dieser Brief blieb unbeachtet. So klagte ihr Anwalt schließlich vor Gericht auf 5.000 Euro Schadenersatz plus Vernichtung der kopierten Bilder plus Unterlassungserklärung.

Das Amtsgericht Oldenburg setzte der Gegenseite einen Termin für eine Stellungnahme. Auf die Antwort mussten Melanie und ihr Anwalt lange warten, denn die Gegenseite bat erst um Fristverlängerung und wartete dann erneut bis zum letzten Tag. Dann schrieb ein Fachanwalt für Urheberrechtsfragen aus Dortmund, dass Jonathan Opitz den Vorwurf des Plagiats zurückweise und die Bilder einer Malerin namens Melanie Günther nicht kenne und im Original nie gesehen habe. Es sei auf den ersten Blick offensichtlich, dass hier eine unbekannte Künstlerin versuche, sich auf Kosten eines bekannten Malers zu profilieren. Das Amtsgericht möge die Klage deshalb abweisen. Weitere Ausführungen behalte man sich vor.

*****

Bis er Georg Drewitz gefunden hatte, hatte es eine Weile gedauert, aber der Bundesverband Bildender Künstler, in dem Jonathan Opitz schon seit Jahrzehnten Mitglied war, gab ihm schließlich den Tipp, sich an den Dortmunder Experten zu wenden. Opitz fuhr ins Ruhrgebiet, zeigte dem Anwalt den Schriftsatz der Gegenseite mit den Fotos und erklärte, die ganzen Vorwürfe seien völlig absurd, er kenne die Frau nicht und sei – anders als eine Melanie Günther – seit Jahren in der Kunstszene etabliert.

Drewitz betrachtete die Fotos. „Lassen Sie mich mal machen", sagte er.

Nach mehreren Schriftsätzen, die monatelang hin und her gingen, berief das Gericht schließlich einen mündlichen Verhandlungs- und Gütetermin an. Es gab keine Anwesenheitspflicht für beide Seiten, doch Jonathan Opitz entschloss sich, den Gerichtstermin persönlich wahrzunehmen.

Sein Anwalt argumentierte sehr selbstbewusst und siegessicher, hob die schöpferische Leistung und die künstlerische Stellung seines Mandanten hervor, die bundesweit, ja europaweit anerkannt werde, was Jonathan zuversichtlich machte, dass er schadlos aus diesem Verfahren herauskommen würde. Dann betonte sein Anwalt den notwendigen professionellen inneren Abstand, den man als Maler brauche, selbst wenn man sich von Werken anderer Künstler inspirieren lasse, was in diesem Fall offensichtlich auf so drastische Weise passiert sei, dass die Bilder nahezu identisch seien.

Jonathan Opitz schaute etwas irritiert zu Drewitz herüber.

Der Anwalt der Gegenseite lauschte ebenfalls aufmerksam den Ausführungen, und das süffisante Lächeln auf seinem Gesicht schien Oberwasser zu signalisieren. Dann nestelte er nervös an seiner Robe herum und fragte: „Sie geben also zu, dass es sich hier um eine Kopie des Werkes meiner Mandantin handelt?"

„Es handelt sich zweifellos um ein Plagiat", meinte Drewitz, und Opitz rutschte nervös auf seinem Stuhl herum. Was machte sein Anwalt denn da? Der setzte zu einer längeren Erklärung an: „Jonathan Opitz ist, wie bereits ausgeführt, ein renommierter Künstler, der seit Jahren in seinen Bildern eine eigene Handschrift entwickelt hat. In den vergangenen Jahren hat er diese etwas verändert, und zwar seit Ende 2015. Sehen Sie diese Bilder, über die wir jetzt streiten, sie gehören zweifellos zu seiner neueren Schaffensperiode, und zwar stammen sie aus der Anfangszeit dieser neuen Schaffensphase. Wenn Sie die Signatur unten rechts genau betrachten, sehen Sie, dass dort klein und wenig kontrastreich abgesetzt eine Jahreszahl zu lesen ist. Schauen Sie", sagte Drewitz", und hielt einen vergrößerten Ausschnitt des Fotos hoch, „hier kann man es gut erkennen. Da steht eindeutig 2016.

Die Bilder der Klägerin hingegen sind, das ist auf ihren Werken deutlich sichtbar dokumentiert, 2017 entstanden."

Jonathan Opitz erinnerte sich, dass er seine in jüngster Zeit entstandenen Bilder teilweise vordatiert hatte, um seine mehrjährige kreative Schaffenspause zu kaschieren.

„Wie, bitteschön," fuhr Drewitz fort, „soll mein Mandant Bilder kopiert haben, die jünger sind als seine eigenen? Das ist schlicht und ergreifend nicht möglich. Abgesehen davon ist es naheliegend, dass nicht mein Mandant kopiert, sondern dass er als bekannter Künstler stets in Gefahr ist, Opfer von Kunstfälschern zu werden. Sehr geehrtes Gericht, der Fall liegt wohl eindeutig. Nicht mein Mandant, sondern Frau Günther ist des Plagiats schuldig, und deshalb erhebe ich wiederum Klage gegen sie wegen schwerer Urheberrechtsverletzung. Der Streitwert dürfte mindestens 60.000 Euro betragen."

Drewitz überreichte dem Richter einen Schriftsatz.

Dem Rechtsanwalt von Melanie Günther fiel daraufhin nicht mehr viel ein. Er starrte immer wieder fassungslos auf die vergrößerten Fotos mit der Jahreszahl und schaffte es gerade noch, dass eine Vertagung des Gerichts stattfand, denn seinem Argument, dass die beiden Verfahren wohl besser zusammengelegt würden und er auf die Klage gegen seine Mandantin noch antworten wolle, gab der Richter nach.

Wenige Wochen später verließ Jonathan Opitz erhobenen Hauptes den Verhandlungssaal des Amtsgerichts Oldenburg. Er gab ein paar Journalisten Interviews, denn inzwischen hatte die halbe Republik über den Fall berichtet. Er genoss es, im Mittelpunkt zu stehen, das Verfahren half ihm, seine Bekanntheit zu steigern. Mehrfach zitierte er vor den Pressevertretern die Urteilsbegründung: „Melanie Günther wird verurteilt, weil sie Werke des Künstlers Jonathan Opitz aus dem Jahre 2016 ein Jahr später unerlaubterweise kopiert und damit auf drastische Weise sein Urheberrecht verletzt hat. Außer zu einer Unterlassungserklärung wird Frau Günther auch zu einer Schadenersatz- und Wiedergutmachungszahlung von 5.000 Euro pro Bild verurteilt."

Demnächst würden also 20.000 Euro auf seinem Konto eingehen. Dazu kam, dass er zuletzt, möglicherweise wegen der Aufmerksamkeit, den der Prozess ausgelöst hatte, deutlich mehr Bilder verkaufen konnte als sonst. Manchmal ist es doch gar nicht so schwierig, als Künstler von seiner Arbeit zu leben, dachte Jonathan Opitz, als er in sein Auto stieg.

Im kommenden Jahr würde das Museum Ostwall im „Dortmunder U" eine Werkschau von ihm eröffnen. Rechtsanwalt Drewitz war dort im Vorstand und hatte ihm die Türen geöffnet. Eine wohlwollende Resonanz der Kunstszene und der Feuilletons war ihm sicher.

Hungrige Mäuler

Sie hat wahrlich keinen Unterhaltungsfilm erwartet, aber diese Bilder übertreffen alles, was sie sich bisher hat vorstellen können. Im negativen Sinne, wohlgemerkt. Maria starrt schockiert nach vorn, denn auf der Leinwand sieht sie wahrhaft Herzzerreißendes. Nackte Kinder, unschuldige kleine Wesen, unterernährt und weinend. Fliegen sitzen in ihrem Gesicht, doch den Kindern fehlt die Kraft, sie zu verscheuchen. Ganz groß wird ein Junge gezeigt, er mag drei oder vier Jahre alt sein, seine Rippen stechen hervor, er kann vor Schwäche kaum laufen. Andere Kinder liegen auf Decken, es sind Säuglinge und Kleinkinder, die vor Hunger schreien, aber Essen und medizinische Versorgung sind nicht in Sicht. Bilder, so schrecklich grausam, dass Maria allein vom Zuschauen schlecht wird.

Dann folgen ein paar Hintergrundinformationen, ebenfalls drastisch bebildert: Missernten und Dürren einerseits, Stürme und Überschwemmungen andererseits. Ein ganzes Dorf wurde zerstört, sagt ein Sprecher aus dem Off. Die Menschen haben nichts mehr außer den wenigen Sachen, die sie am Körper tragen, und ihr Leben. Aber wie lange noch?

Dann geht das Licht an, es ist totenstill. Maria schaut sich vorsichtig um, die anderen 30 Damen aus dem Frauenkreis, der sich regelmäßig im Gemeindesaal der Bad Godesberger Herz-Jesu-Kirche treffen, wirken nicht minder betroffen als sie. In diesem Moment sind sie allesamt gewillt zu helfen. Das weiß auch der Pfarrer, der jetzt das Wort ergreift: „Unser Projekt im Südsudan besteht noch nicht lange und soll weiter wachsen. Wir helfen den Menschen mit Nahrungsmitteln, bauen Häuser und Hütten für Familien, eine neue Kirche und eine Schule, damit die Kinder von morgen eine bessere Zukunft haben. Wenn Gott will, werden wir die Lebenssituation der Menschen dort verbessern können. Aber all das kostet Geld, viel Geld." Pfarrer Glaser ist wohlgenährt, hat sein dunkel gefärbtes Haar nach hinten gegelt, und seine Sonnenbankbräune will nicht so recht zur barmherzigen Selbstlosigkeit passen, die in seinen Worten mitschwingt.

„Die Hungerkrise in Afrika hat unser Projektdorf längst erreicht. Deshalb sammeln wir hier und jetzt Spenden. Sie können auch unsere hier ausliegenden Informationen über das Projekt mitnehmen, die Zettel natürlich gern weiterverteilen und den angehängten Überweisungsträger nutzen. Ich bitte Sie und Ihre Familien um eine möglichst großzügige Spende. Die Kinder im Südsudan brauchen unsere Unterstützung. Sie brauchen nichts mehr als unsere praktizierte Nächstenliebe. Und sie brauchen unsere Hilfe schnell, sehr schnell."

Man sieht ihm an, dass er zufrieden mit seinen Worten ist. Maria bewundert Pfarrer Glaser für sein Engagement und für die Art, wie er sich und seine Arbeit verkauft. Er hat richtig viel aufgebaut, seitdem er die Gemeinde in Bad Godesberg vor ein paar Jahren übernommen hat. Bis dahin wurde die Kirche im Viertel kaum beachtet, doch dem charismatischen Pfarrer ist es gelungen, vielen Menschen die Religion wieder nahezubringen. In dem reichen Villenviertel spielen die christliche Haltung und das kirchliche Leben wieder eine Rolle, auch und gerade in der öffentlichen Wahrnehmung.

Die Frauen öffnen ihre Handtaschen, suchen die Geldbeutel und stecken Faltblätter ein. Der Film mit den Bildern aus Afrika zeigt seine Wirkung.

„Ist es nicht schrecklich, wie diese Kinder leiden?", sagt Christiane zu Maria und zeigt auf ein an der Wand hängendes Plakat von Misereor. Es thematisiert den Zusammenhang von Klimawandel und Hunger in der Dritten Welt. Christiane, Mitte 40, Immobilienmaklerin, stahlblaue Augen und zarte Gesichtszüge, hat – wie auch Maria – zusätzlich hellere Strähnchen im ohnehin blond nachgefärbten Haar, die ihre Jugendlichkeit noch mehr betonen sollen. Ihr Make-up ist perfekt, die Augen sind geschickt mit Kajal betont, ihr Parfum ist dezent eingesetzt und duftet edel. Sie könnte auch Beauty-Beraterin sein, doch ist das nicht falsch zu verstehen, sie kennt die Probleme der Welt, ist auch politisch sehr interessiert und schon lange in der Kirchengemeinde aktiv. „Die Dürre macht alles noch schlimmer. Wenn wir den Klimawandel nicht bald in den Griff bekommen, wird es den Menschen in Afrika noch schlechter gehen", erklärt sie.

Maria nickt. Sie ist kürzlich selbst noch auf der Vernissage des Künstlers Achim Mohné gewesen, der in seinem Werk die Folgen des Klimawandels verdeutlicht. Für 4.000 Euro hat sie sich einen handsignierten Pigmentdruck von eingescanntem Gemüse gekauft, das den übertriebenen Fleischkonsum in der westlichen Welt und seine Auswirkungen auf den globalen Temperaturanstieg thematisiert. Das Bild hängt jetzt etwas verloren in ihrem Gästezimmer.

Nachdenklich nickt sie wieder, sagt aber nichts und stopft zwei 50-Euro-Scheine in die große Spendendose auf dem Tisch. Noch immer sieht sie die Bilder der hungernden Kinder vor sich.

Als wenig später die Veranstaltung zu Ende ist, geht Maria zur Garderobe, zieht ihre neue rote Jacke über das farblich zu den Schuhen passende Kleid, während der Lippenstift mit der Jacke harmoniert. Christiane wiederum ergreift ihren Blazer und die kostbare Handtasche mit dem Schriftzug einer französischen Designermarke. Gemeinsam gehen sie hinaus, die Gründerzeitvillen zwischen Bahnhof und Rhein werden im Dunkeln angeleuchtet, der Stadtteil zeigt sich an solchen Frühlingsabenden von seiner schönsten Seite. Und die Menschen genauso. Auch und gerade im Gemeindezentrum heute

Abend. Godesberger Chic, wo man hinschaut. Im Villenviertel hat man etwas zu bieten und zu zeigen.

Autotüren werden geöffnet. Hier geht niemand zu Fuß nach Hause, obwohl fast alle im Umkreis von einem Kilometer wohnen. Auch Maria zieht ihren Schlüssel aus der Handtasche, entriegelt ihren BMW-Cabrio und sieht gerade noch, wie Christiane mit ihrem Geländewagen in Richtung Rheinallee davonbraust. Zwölf Liter auf 100 Kilometer. Mindestens.

Auch so ein hungriges Maul.

Das Lächeln der Sabine

Nach dem plötzlichen Tod seiner Mutter stand Johannes vor der Frage, was er mit dem Gründerzeithaus in der Südstadt machen sollte. Mutter war reich gewesen, auch wenn sie selbst das nie so bezeichnet hätte, denn sie rechnete immer damit, dass plötzlich alles knapp werden konnte, und das lag wohl daran, dass sie, die 1944 geboren wurde, von der ärmlichen Zeit in den ersten Jahren ihrer Kindheit nach dem Krieg geprägt war.

Somit ist sie ihr Leben lang bei Ausgaben ängstlich geblieben und hat folgerichtig ihr Vermögen nicht verprasst, das sie nicht zuletzt den unternehmerischen Aktivitäten ihres Mannes zu verdanken hatte. Vaters Heizungs- und Sanitär-Firma hatte viel Geld abgeworfen, und als er den Betrieb wenige Tage nach seinem 60. Geburtstag verkaufte, hatten sie den Kaufpreis in Immobilien investiert. Er selbst hat nicht mehr viel davon gehabt, ist schon vor Jahren viel zu früh gestorben, und jetzt war Mutter ihm gefolgt, auch sie war erst 74 Jahre alt.

Sie hinterließ neben einigen Sparbüchern und einem gut gefüllten Wertpapierdepot sowie etwas Goldschmuck vor allem zwei Häuser in der Bonner Südstadt, die wegen der steigenden Immobilienpreise der vergangenen Jahre für Normalverdiener wie Johannes völlig außer Reichweite waren.

Während er also noch nicht wusste, was genau er mit dem Haus in der Argelanderstraße machen würde, in dem seine Mutter bis zuletzt gewohnt hatte, hatte sein Bruder Markus schnell entschieden. Er sah keinen Anlass, an der Situation der ihm vererbten und ebenso schönen, allerdings vermieteten Jugendstilvilla in der Königstraße etwas zu ändern. Also teilte er seinen Mietern mit, dass trotz des Besitzerwechsels alles beim Alten bleibe. Er wohnte in München und wollte mit dem Haus möglichst wenig zu tun haben, außer monatlich die nicht unerhebliche Miete einzukassieren.

Johannes hingegen hing gerade ziemlich in der Luft. Seine Ehe mit Carmen war frisch geschieden. Ihrem spanischen Temperament hatte er auf Dauer wohl nicht genügen können, und so war die Trennung abzusehen gewesen. Nach einigen Jahren in der Eifel – er war auf Wunsch von Carmen nach Schleiden gezogen, aber in der ländlichen Provinz nie so richtig angekommen – wollte er grundsätzlich lieber wieder etwas mehr unter Menschen. Seine Tätigkeit als Unternehmensberater und Coach für Führungskräfte konnte er im Prinzip von überall ausüben. Sollte er also nach Bonn ziehen, in jenes Haus in der Argelanderstraße, in dem er groß geworden war?

Er hatte viele Erinnerungen an seine Kindheit, gute wie schlechte, war sich aber nicht sicher, ob er sich diesen sentimentalen Gefühlen wirklich täglich aussetzen wollte. Auf der anderen Seite war er jetzt schon bald 47, und die Vorstellung, im Haus der Eltern einen Wohnsitz zu finden, an dem er nach den hektischen Jahren mit Carmen zur Ruhe kommen konnte, hatte durchaus etwas Verlockendes. Denn er hatte in letzter Zeit häufiger darüber nachgedacht, dass es an der Zeit sei, in Würde alt zu werden, beziehungsweise das würdevolle Altern vorzubereiten, indem er seine Lebensumstände dafür passend machte. Das hörte sich vielleicht etwas blöd an, denn er stand ja nicht unmittelbar vor der Rente, ganz und gar nicht, aber etwas weniger zu arbeiten, etwas weniger den eigenen Jugendwahn zu pflegen und sich in einer Villa in der Bonner Südstadt niederzulassen, all das erschien ihm nicht völlig abwegig.

Also ließ er das Haus renovieren, trennte nach Beratungen mit dem Architekten den zweiten Stock und das Dachgeschoss räumlich ab, um dort Wohnungen zu vermieten, denn mit dem Erdgeschoss und dem 1. Stock hatte er mehr Platz als genug, um sich eine schöne Wohnung und ein großzügiges Büro einzurichten. Neun Monate nach dem Tod der Mutter und ziemlich genau ein Jahr nach der Scheidung von Carmen fuhr der Möbelwagen vor. Die Bonner Südstadt hatte Johannes wieder.

Er wollte nichts überhasten, und so nahm er sich vor, sich zwar zügig einzurichten, aber gleichzeitig jeden Tag zu Fuß durch das Viertel zu laufen, um wieder heimisch zu werden, Altes wiederzuentdecken und Neues zu bestaunen. In den fast 30 Jahren, die er weg war, hatte sich Bonn sehr verändert – allein der Umzug der Bundesregierung bedeutete einen Strukturwandel, mit dem sich die Stadt seit Jahren und im Grunde erfolgreich abmühte. Viele, die früher in Bonn gearbeitet hatten, waren an die Spree gezogen, dafür hatten Rechtsanwälte und Notare sowie leitende Mitarbeiter der Post und der Telekom ihren Platz eingenommen, auch und gerade in den Villen der Südstadt.

Seine Besuche bei Mutter waren in den vergangenen Jahren immer kurz gewesen. Ihr Verhältnis war nicht unbedingt schlecht, aber doch recht abgekühlt, was vor allem daran lag, dass sie mit zunehmendem Alter immer sentimentaler an ihrer ach so stürmischen 68er Zeit festhielt. Das nervte ihn, und wenn er die Worte Vietnam-Demo, Notstandsgesetze und Schumann-Klause nur hörte, schaltete er auf Durchzug, weil er die Geschichten über die Revolution, die sie und ihre Genossinnen und Genossen in ihrer linken Stammkneipe – es gab sie seit Jahrzehnten nicht mehr – vorbereitet hatten, nicht mehr hören wollte.

Seine Aufenthalte in Bonn waren also selten gewesen und hatten sich stets auf sein Elternhaus beschränkt. Von daher fühlte er sich, als sei er mit seinem Umzug zum ersten Mal seit fast 30 Jahren wirklich zurückgekehrt. Er war gespannt auf das, was ihn erwartete.

Als er am Tag nach dem Einzug das Haus verließ, schlenderte er zum Bonner Talweg, und er freute sich, dass es den Supermarkt an der Ecke noch gab – und tatsächlich auch das Zeitschriftengeschäft daneben. Die Straßenbahn glitt auf ihrem Weg nach Dottendorf über die Schienen, es war wie früher, nur dass sie nicht mehr so laut rumpelte. Johannes ging weiter, die kleinen Geschäfte jenseits der bekannten Ketten, wie man sie in jeder Stadt sah, erfreuten ihn und schon bald erreichte er die Königstraße, bog links ab und stand erst vor dem Haus seines Bruders und dann vor dem Jugendstilbau, in dem früher sein Freund Stefan gewohnt hatte. Nach der gescheiterten Beziehung zu Sabine war Stefan recht überstürzt in die USA ausgewandert, die Green Card hatte er in einer Verlosung gewonnen. Zurückgekommen war Stefan nie, höchstens mal für einen Besuch alle paar Jahre, so dass Johannes nach ihm wahrlich nicht Ausschau zu halten brauchte. Ein kurzer Blick auf die Klingel zeigte ihm, dass auch sonst kein Angehöriger von Stefan mehr im Haus wohnte.

Johannes setzte sich wieder in Bewegung, er wollte seitlich auf die Poppelsdorfer Allee stoßen, jene edle, von noblen Palästen gesäumte Sichtachse von der Universität zum Poppelsdorfer Schoss mit breitem Grünstreifen in der Mitte. Es hatte sich nicht viel verändert, dachte er. Kinder spielten auf dem Grün, auf dem er schon früher mit Freunden gekickt hatte, Mütter mit Kinderwagen saßen auf den Bänken und unterhielten sich. Er blieb eine Weile sitzen und schwelgte in Erinnerungen, dann machte er sich langsam auf den Weg zurück. Die Südstadt schien noch grüner geworden zu sein, die Bäume waren riesig geworden, und auch die Vorgärten waren liebevoll mit Pflanzen versehen. Überhaupt sahen alle Häuser kostbar saniert aus, nirgends blätterte Farbe, und auch an den noblen Autos vor den Häusern war nicht der kleinste Kratzer zu entdecken. Hier wohnten Menschen mit Geld, das war nicht zu übersehen.

Zurück in der Argelanderstraße versuchte er zu rekonstruieren, wer früher in den Häusern gewohnt hatte. Hinten sah er das Haus von Familie Löhr, wo der Mann seine Frau und die Kinder schrecklich terrorisiert haben musste, wenn er den Geschichten seiner Mutter Glauben schenken wollte. Und da vorne wohnte Sabine. Schon im Kindergarten hatte er immer in ihrer Nähe sein wollen, er hatte sie mit ihren blonden Haaren angehimmelt und war später, wie so ziemlich alle Jungs aus seiner Klasse, unsterblich in sie verliebt gewesen. Oft hatte er davon geträumt, ihr schulterlanges Haar zu streicheln, ihre Haut zu berühren und ihre Lippen zu küssen, doch sie war unnahbar gewesen.

In der Clique, mit der sie als 15-Jährige durch das Viertel zogen oder sich im „Haus der Jugend" jenseits der Reuterstraße trafen, lernte er sie besser kennen. Immer wieder machte er sich Hoffnung, doch sie ließ ihn, jenseits vieler toller Erlebnisse in der Gruppe – von Radtouren über das Rudern auf dem Rhein, über Partys und Grillen in der Rheinaue – nie an sich ran. Trotzdem konnte er einfach nicht von ihr lassen.

Einmal hatte er das Gefühl, sie waren beide 17 Jahre alt, auf einer Party war das, dass er ihr so nah war wie nie zuvor. Der Alkohol hatte ihn etwas enthemmt und sie allem Anschein nach auch, so dass sie sogar ein bisschen rumgeknutscht hatten, und in dem Moment, als er dachte, jetzt kämen sie sich bestimmt näher, ausgerechnet da erzählte ihm Stefan ein paar Tage später, er sei jetzt mit Sabine zusammen. Sie habe seinem monatelangen Werben endlich nachgegeben. Von da an verehrte Johannes Sabine zwar weiterhin, allerdings heimlich, denn natürlich würde er sich niemals an die Freundin seines besten Freundes heranmachen.

Als die Clique nach dem Abitur auseinanderfiel, sah er sie seltener. Sabine und Stefan blieben zusammen, alle sprachen davon, dass das Traumpaar bestimmt bald heiraten werde. Johannes konnte ihre traute Zweisamkeit, die sie so demonstrativ zeigten, immer weniger ertragen, ohne wahnsinnig zu werden, und so zog er nicht zuletzt deshalb aus Bonn weg. Spätestens, als sich Stefan Jahre später in die USA verabschiedete, gab es niemanden mehr, der über Sabine sprach. Und so vergaß er sie. Zumindest fast.

Vor ihrem Haus stehend, sah er aber ihr Gesicht vor sich, vor allem die perfekten Zähne, die ihn, wenn sie ihn angelächelt hatte, verrückt gemacht hatten. Er würde Sabine gern mal wiedersehen, dachte er, schlich neugierig zur Haustür und erstarrte: Von Stein stand auf dem Briefkasten. Wohnte sie etwa noch in dem Haus? An Geschwister konnte er sich nicht erinnern, und ihre Eltern waren viel älter als seine gewesen, die müssten, wenn sie noch lebten, uralt sein.

Im Internet fand er nichts über sie – weder im Telefonbuch noch bei Facebook oder im Archiv des General-Anzeigers. Was sie wohl machte?

Es dauerte kaum zwei Wochen, da begegnete er ihr auf dem Weg zum Supermarkt. Sie sah fast genauso aus wie früher, schlank, modisch und jugendlich gekleidet mit ihrer Jeans und dem schlichten Baumwoll-Oberteil, das bestimmt viel teurer gewesen war als es aussah. Sie wirkte wie Mitte 30 auf ihn, und die zwei oder drei Fältchen in ihrem Gesicht machten sie noch attraktiver.

„Johannes?", fragte sie überrascht.

„Ja. Mensch, Sabine, wie geht es dir?"

Sie schauten sich an und dann wieder weg. Es dauerte eine Weile, bis ein Gespräch entstand.

„Zu Besuch in Bonn?", fragte sie ihn.

„Nein, ich wohne wieder hier. In unserem alten Haus in der Argelanderstraße."

„Ehrlich? Dann sind wir ja sozusagen wieder Nachbarn. Das ist ja toll. Wann haben wir uns zuletzt gesehen?" Sie schenkte ihm ein Lächeln.

„Ich habe keine Ahnung", antwortete er schnell. „Es muss bestimmt 20 Jahre her sein, vermutlich länger. Aber du hast dich kaum verändert, äußerlich, meine ich. Du siehst toll aus."

„Ach, komm." Sie wirkte verlegen. Es begann, leicht zu nieseln. Sie schaute skeptisch zum Himmel. Sie hatten beide keinen Schirm.

„Doch, ganz bestimmt. Ich freue mich jedenfalls, dich zu sehen. Was machst du so?"

„Ich arbeite bei der Stadt Bonn, im Kulturreferat. Und du?"

„Ich bin selbstständiger Unternehmensberater und richte gerade mein Büro hier in Bonn ein. Sollen wir nicht mal einen Kaffee zusammen trinken gehen? Du musst mir erzählen, was sich in Bonn so getan hat in den letzten Jahren."

Der Regen wurde stärker, und sie tauschten schnell ihre Handynummern aus und vereinbarten, dass sie sich bald mal verabreden würden.

Am Abend sah er immer wieder Sabine vor sich, ihr Lächeln, ihre mit blonden Strähnchen durchzogenen Haare, ihre blau-grünen Augen. Er schickte ihr eine SMS: „Ich find's toll, dass wir uns getroffen haben. Lass uns in Kontakt bleiben, wenn du magst."

Ihre Antwort ließ nicht lange auf sich warten: „Hab mich auch total gefreut. Mir sind sofort ganz viele Dinge von früher eingefallen. Ja, wir sollten uns bald treffen."

Johannes hätte gern mehr über sie gewusst. Lebte sie allein, war sie verheiratet, hatte sie Kinder? Im Regen vorhin hatte er sie nicht so ausquetschen wollen, aber die Fragen beschäftigten ihn. Er war aufgeregter, als er sich das erklären konnte und auch eingestehen wollte.

****

Für sie war klar, dass sie frühzeitig zur Verabredung im Café Extro erscheinen würde, denn sie wollte die Situation kontrollieren, selbst den Tisch aussuchen, an dem sie sich mit Johannes traf. Sabine freute sich, dass sie zu dem alten Schulfreund wieder Kontakt gefunden hatte. Aber als sie sich auf der Straße getroffen hatten, hatte er sie so seltsam angeschaut. In ihm brodelte etwas, dachte sie.

Als er kam, setzte er sich umständlich hin, wirkte nervös. Bis er etwas bestellt hatte, dauerte es eine halbe Ewigkeit. Entscheidungsfindung war noch nie seine Stärke gewesen, erinnerte sie sich.

Neugierig schaute sie ihn an, er hatte volles Haar, keine Glatze und tiefbraune Augen, die ihr schon früher aufgefallen waren. Seine Jacke war an den Ärmeln etwas zerschlissen, da wäre mal eine neue fällig, fand sie. Er redete zunächst nicht viel, sie bemerkte, wie er sie musterte, seine Augen blieben an ihren Brüsten hängen. Es sollte unauffällig sein, aber sie hatte es mitbekommen. Als sie dann ins Gespräch kamen, schaute er ihr aber ins Gesicht, er hörte aufmerksam zu, als sie in Erinnerungen schwelgten und alle aus der alten Clique durchkauten, und er wusste fast nichts über all die anderen. Natürlich nicht, er war weggezogen, hatte wohl keinen Wert darauf gelegt, Kontakte zu pflegen.

Sie schwärmten gerade von ihren nächtlichen Besuchen im Melbbad, wie aufregend es war, weil sie nicht wussten, ob sie erwischt würden, nachdem sie im Dunkeln heimlich über den Zaun geklettert waren. Sie waren jünger gewesen damals, viel jünger, unbeschwerter.

Meist hatten sie gar kein Badezeug dabei, weil sie sich spontan zum Schwimmen entschlossen, und so gingen sie, meist acht oder zehn Leute, später manchmal auch nur Stefan und sie, nackt ins Wasser und trockneten sich mit ihren T-Shirts ab. In der Gruppe hatte sie sich immer geborgen gefühlt, doch wenn sie mit einem der jungen Männer allein war, wurde sie schnell unsicher, denn die meist nur sehr ungeschickt getarnten lüsternen Blicke, die Anmachersprüche und das mitunter recht plumpe Berühren widerten sie an. Viele Jungs hatten um sie geworben, sicher, sie wusste selbst, dass sie gut aussah, aber sie wollte nicht die Trophäe eines von ihnen werden. Irgendwann hatte sie sich dann eher zufällig für Stefan entschieden.

Heute war sie deutlich souveräner, wenn sie mit Männern zu tun hatte. Deren Blicke hatten sich nur in Nuancen verändert, viele starrten, während sie mit ihr sprachen, ungeniert auf ihre Bluse, aber sie machte sich innerlich inzwischen darüber lustig, konnte diese notgeilen Typen nicht mehr ernst nehmen. Johannes schien immer noch etwas anders zu sein, schüchterner irgendwie. Schon früher war er nie der Typ Draufgänger gewesen, und so wirkte er auch jetzt zurückhaltender, aber auch einsamer als andere.

„Nach so viel Vergangenheit will ich aber endlich wissen, wie es heute bei dir heute aussieht. Bist du verheiratet?", fragt sie Johannes schließlich.

„Ich? Nein, ich bin geschieden. Meine Ex, Carmen, ist Spanierin, aber nach ein paar Jahren haben wir uns getrennt. Sie hat mich verlassen, und ich lebe zur Zeit allein."

Er warf ihr einen Blick zu, aber sie bemühte sich, keine Reaktion zu zeigen.

„Wie ist es bei dir?", wollte er schließlich wissen. „Bist du glücklich verheiratet?"

„Auch geschieden", antwortete Sabine. „Schon seit ein paar Jahren. Es hat nicht gestimmt zwischen Michael und mir. Wir haben durchgehalten, bis unser Sohn Abi gemacht hat, danach war es schnell vorbei."

Sie war ehrlich erleichtert, als sie das sagte. Mit Michael hätte sie es keine Woche länger ausgehalten.

„Kenne ich deinen Ex-Mann?", wollte er wissen.

„Nein, ich habe Michael im Studium kennengelernt, da hatten wir beide schon keinen Kontakt mehr. "

„Siehst du denn Stefan noch manchmal?", hakte er nach.

„Nein", sagte sie und musste dabei, ohne es zu wollen, lachen. „Stefan ging damals nach unserer Trennung sofort in die USA, das war wohl die richtige Entscheidung für uns beide. Unsere Beziehung war sehr eng, aber wir haben uns auch verletzt, das wäre nicht länger gut gegangen."

Mehr wollte sie nicht sagen, denn die Art und Weise der Trennung war das Schlimmste, was sie je mit einem Mann erlebt hatte. Stefan hatte sich in eine Eifersucht hineingesteigert, die völlig an den Haaren herbeigezogen war. Wenn sie mal mit einem anderen Mann sprach, war er wütend dazwischengesprungen und hatte ihr anschließend Vorträge über Liebe und Treue gehalten. Als sie ihm klar machte, dass sie mit diesem völlig unbegründeten Misstrauen und den ständigen Verdachtsmomenten nicht leben wollte, wurde er laut und aggressiv. Als sie ankündigte, sich von ihm zu trennen, schlug er zu. Mehrmals und ganz gezielt.

Sabine schüttelte sich, als sie daran zurückdachte, blickte auf die Uhr und erschrak: „Mensch, ich hab die Zeit völlig vergessen. Ich muss los. Meine Freundin und ich wollen noch ins Kino. Wir können uns aber mal wiedersehen. Mach's gut, Johannes."

Sie stand auf, zögerte kurz, ging dann auf ihn zu und umarmte ihn flüchtig zum Abschied. Sie hatte das Gefühl, er hätte das gern in die Länge gezogen, aber sie brach schnell auf. Doch in der Gewissheit, dass Johannes einsam, sehr einsam war, fühlte sie sich bestätigt.

****

Sie hatte ihn zum Abschied umarmt, das war wohl ein eindeutiger Hinweis, dass sie ihn interessant fand. Also beschloss er, den Kontakt zu Sabine zu intensivieren, schrieb ihr noch am Abend eine SMS, wie schön er es im Extro fand und dass er sie unbedingt bald wieder treffen wolle.

Es dauerte unendlich lange zwei Tage, bis sie antwortete, dann endlich blinkte sein Handy. „Ja, lass uns treffen. Vielleicht nächste Woche ins Kino oder Essen gehen?"

Beides erschien ihm gleichermaßen attraktiv, denn beides eröffnete die Option, ihr näherzukommen. Doch bis sie einem seiner Terminvorschläge zustimmte, vergingen zwei lange Wochen. Er kam sich selbst lächerlich vor – so verliebt wie er war, wirkte er auf sich selbst wie ein pubertierender Junge, der zum ersten Mal Kontakt zu einem Mädchen hatte. Sabine hatte sein Leben über Nacht völlig eingenommen. Und wenn er sich nicht täuschte, war da auch von ihrer Seite ein besonderes Gefühl.

Als er sie vor dem Kino stehen sah – den Film hatte sie ausgesucht, eine französische Komödie mit viel schwarzem Humor, wie sich herausstellen sollte – fühlte er sich sofort bestätigt. Sie hatte sich für ihn herausgeputzt, das sah er auf den ersten Blick. Seine Hände schwitzten, als er auf sie zuging, um sie zu begrüßen, aber ihr schien das nicht negativ aufzufallen, als sie sich begrüßten und etwas umständlich umarmten.

Während des Films wahrte sie den Abstand zu ihm, doch als sie anschließend zusammen noch etwas tranken, wurde sie offener, erzählte von ihrer Arbeit und von ihrer Familie – der Vater war gestorben, die Mutter wohnte in Bad Honnef in einem Altenheim –, und es war völlig offensichtlich, dass sie das Treffen mit ihm genoss. Eine echte körperliche Annäherung ergab sich nicht, denn sie machte keine Anstalten, auf ihn zuzugehen, wollte also wohl erobert werden, dachte er. Aber wie sollte er das am geschicktesten anstellen? Sie sollte ihm nicht entgleiten, nicht noch einmal, wie damals, als Stefan schneller gewesen war und sich zwischen sie gestellt hatte.

Beim einem der nächsten Treffen – wieder dauerte es ein paar Wochen, bis sie einem Termin zustimmte – trank er sich Mut an. Nach einer Radtour am Rhein waren sie beim Italiener in Mehlem eingekehrt, und die Besitzerin Antonia hatte ihnen einen besonderen Platz zugewiesen und ihm vertraut zugezwinkert. Vorher hatten sie minutenlang den Ausblick auf Petersberg und Drachenfels genossen, denn zweifellos war der Rhein in ganz Nordrhein-Westfalen nirgends so schön wie hier. Wieder einmal redeten sie von früher, aber auch im heutigen Leben kam er ihr näher. Nach dem dritten Glas Primitivo fragte er sie, ob sie nicht nachher mit zu ihm kommen wolle.

* * * * *

Als das Handy blinkte, war ihr im selben Augenblick klar, von wem die eingehende SMS war. Eher wunderte sie sich, dass die erste Nachricht heute erst gegen halb acht kam. Sicher, Johannes war auf seine Art hartnäckig, aber er war nicht übermäßig aufdringlich dabei. Doch wollte er partout nicht verstehen, dass eine Beziehung für sie nicht in Frage kam.

Am Fenster stehend, das Grün der Bäume und die blühenden Rosen vor ihrem Haus und eigentlich das ganze Leben, das sie führte, genießend, klickte sie die eingegangene Nachricht an. Es war ein langer Text, in dem Johannes sie umständlich anflehte, noch einmal darüber nachzudenken, ob sie nicht doch auf sein Liebeswerben eingehen mochte.

Sie schüttelte schweigend den Kopf – nicht genervt, eher verwundert – und überlegte, ob sie klarere Worte als bisher finden müsste, die ihn allerdings vor den Kopf stoßen würden.

Sabines Stimmung war wegen der vergangenen Nacht besonders gut, euphorisch nahezu. Sie spürte tiefes Glück und Befriedigung in ihrem Körper, erinnerte sich noch an die zärtlichen Berührungen auf ihrer Haut, denn der Abend gestern und die gemeinsam verbrachte Nacht waren unglaublich schön gewesen, so schön, wie sie es lange nicht mehr erlebt hatte. Sie dachte zurück an den sanften Körper, der sich an sie geschmiegt und an den Duft, den sie dabei bis zum Einschlafen eingeatmet hatte. Das wollte sie immer wieder erleben, und vieles deutete darauf hin, dass ihr das ab jetzt tatsächlich gelingen würde.

Sabine drehte sich um und betrachtete verliebt lächelnd die nur halb zugedeckte, auf ihrem Bett liegende und – noch erschöpft von der vergangenen Nacht – sanft schlafende Bettina.

Jochens Erleuchtung

Der Dom rückte immer näher, es war ein beeindruckender Anblick, wie diese riesige, von allen Seiten angeleuchtete Kirche in den Himmel ragte. Noch drei, vier Straßen, dann würde er auf der Domplatte stehen.

Jochen schwitzte. Das war ungewöhnlich für diese Jahreszeit, denn es war Heiligabend, und er war auf dem Weg zur Mitternachtsmesse. Dieser Abend sollte etwas ganz Besonderes für ihn werden. Viele Kölner waren auf der Straße, auch sie zog es zum Dom. Der „dicke Pitter", die riesige Glocke des Doms, läutete. Die Stimmung war feierlich.

Jochen dachte an die letzte Predigt, die seine Haltung zur Religion und seine Entschlossenheit endgültig gefestigt hatte. Er war früher nicht religiös gewesen, aber die Begegnungen der letzten Monate hatten ihn bekehrt und seine Einstellung zum Glauben völlig verändert.

Die seltsamsten Gedanken schossen ihm durch den Kopf, er dachte an seine Mutter, an die Geschwister und Freunde. Die Kumpel im Fußballverein, die Kommilitonen. Würden sie ihn verstehen? Umgehend versuchte er, die aufkommenden Zweifel zu verdrängen. Wer den Weg zur Religion für sich nicht völlig versperrt hatte, würde ihn ganz bestimmt verstehen. Auch das war in der Predigt und beim anschließenden Gespräch mit dem Geistlichen deutlich geworden.

Bis ins letzte Detail hatten sie alles durchgesprochen.

Jochen stand nun bereits vor dem Dom, die Menschen redeten durcheinander, bevor sie dann schweigend das Gotteshaus betraten.

Er ging ihnen hinterher, es war voll, er schlängelte sich an den Bankreihen vorbei. Dieses Weihnachtsfest würde niemand vergessen.

Seine Knie wurden weich, lange konnte er nicht mehr warten. Für einen kurzen Moment überlegte er, umzudrehen.

Doch Jochen wusste, was zu tun war. Er wischte sich mit der Hand über die Stirn, denn er schwitzte immer stärker. Sein Herz klopfte, er konnte es bis in die Schläfen spüren. Noch einmal prüfte er, dass niemand den Gürtel sehen konnte, den er um seinen Bauch gebunden hatte. Er ging ganz nah an die vollbesetzte Bank zu seiner Rechten.

Als er den Zünder auslöste, sah er für einen kurzen Moment seine Mutter vor sich. Dann erschien eine helle Stichflamme, bis es einen Bruchteil später ganz düster wurde.

Die zerrissene und halbverkohlte Leiche lag inmitten der panisch schreienden Gottesdienstbesucher und wartete auf die 72 Jungfrauen, von denen der Imam gesprochen hatte. Doch nichts passierte.

Dadas Enkel

oder: Wie der Beueler Kunstverein über Nacht berühmt wurde

Es schien ein Abend wie jeder andere in unserem Kunstverein zu werden, als die schwere Fabriktür aufging und ein Mann um die 50, den ich noch nie gesehen hatte, den Raum betrat. Er sah auf den ersten Blick interessant aus, war mit seinem langen Hemd, das bis zu den Knien ging, und darüber der Beuys-ähnlichen Weste extravagant gekleidet, zumindest für unseren Club.

Es war so gegen 21 Uhr, und der Abend drohte bereits so langsam auszuklingen, denn an der Theke, die wir in Eigenleistung in die ehemalige Halle der Farbenfabrik, die uns seit ein paar Jahren eine Heimat bot, eingebaut hatten, tummelten sich um diese Zeit die üblichen 20 Verdächtigen. Als der Neue die Tür öffnete, zog er gleich Blicke auf sich und ein Teil der Gespräche verstummte. Eine erwartungsvolle Stimmung machte sich breit.

Nun mag es nicht so ungewöhnlich erscheinen, dass ein Gast die Räume eines Kunstvereins betritt, denn dafür sind Kunstvereine schließlich da: dass Künstler untereinander, aber auch mit Außenstehenden in einen Dialog treten. Doch bei uns hatte sich, wie soll ich sagen, in den vergangenen Jahren eine gewisse Routine, ein irgendwie auch bewährtes Schema etabliert, mit denselben, immer älter werdenden Mitgliedern, von denen die meisten gut situiert waren, denn viele von uns hatten früher in Bonn im Regierungsviertel gearbeitet und nach ihrer Pensionierung die Liebe zur Kunst für sich entdeckt oder wiederentdeckt. Dazu kamen recht wenige und uns weitgehend bekannte Besucherinnen und Besucher aus der Beueler Nachbarschaft. Nur bei Vernissagen oder Lesungen bekamen wir auch mal neue Gesichter zu sehen. Doch heute war ein ganz normales Treffen der Mitglieder, offen für alle zwar, doch an solchen Abenden blieben wir meist unter uns.

Als stellvertretende Vorsitzende des Kunstvereins hatte ich es mir selbst zur Aufgabe gemacht, Neuankömmlinge zu begrüßen und so stand ich auf und ging auf den Mann zu, der gerade seinen Blick durch die Räume schweifen ließ und sich einen Überblick über die Lage verschaffte. Ich hatte das Gefühl, dass er in Sekundenschnelle die Strukturprobleme unseres Vereins erfasste. Besonders viel Beobachtungsgabe brauchte man dafür auch nicht, wenn man sich Hans, Walter und Robert anschaute, alle zwischen 70 und 85, die gerade über Politik diskutierten, oder wenn man einen Blick auf Margarete, Gisela und Maxi warf, allesamt unwesentlich jünger, die sich über den jüngsten Kriminalroman von Sebastian Fitzek austauschten.

„Guten Abend", sagte ich und hielt dem Besucher zur Begrüßung die Hand hin, die er kräftig drückte. „Herzlich Willkommen im Kunstverein. Ich bin Heide Müggenthaler und arbeite hier im Vorstand. Sie können sich gern umschauen und auch gern einen Schluck mit uns trinken."

Ohne ein Wort zu sagen, ging er ein paar Schritte weiter und betrachtete die Wände. Für unsere aktuelle Ausstellung, die noch eine Woche hängen sollte, mussten wir uns nicht schämen, sie kontrastierte Schwarz-Weiß-Fotografien von Eisenbahnstrecken in den USA mit Acryl-Bildern, die Landschaften aus der Eifel zeigten. Eine Weile betrachtete er stumm die gezeigten Werke, ging durch die ganze Ausstellung, wobei ich ihn allein ließ, denn ich wollte ihn bei seinem ersten Besuch in unserem Haus nicht allzu sehr bedrängen. Als er zurückkam, bot ich ihm ein Glas Rotwein an, das er dankend annahm.

„Ziemlich traditionell", war sein einziger Kommentar.

Er sprach nicht viel, aber als er 30 Minuten später wieder ging, wusste ich immerhin, dass er selbst auch Künstler war. Ein gebürtiger Schweizer namens Urs Gerber. Ihn interessiere vor allem der Dadaismus, und ob wir auch für diese Kunstströmung offen seien, fragte er. Ich antwortete ihm wahrheitsgemäß, dass wir keine Kunstrichtung ausgrenzten, und dass er gern auch mal an einem Donnerstag Abend etwas über den Dadaismus erzählen oder sich als Künstler um eine Ausstellung bewerben könne.

*****

Eine Woche später war Urs Mitglied im Kunstverein und erzählte jedem, wie er sich seine Mitarbeit vorstellte und was der Kunstverein alles anders machen sollte.

„Wir müssen die Kunst, wie wir sie kennen, in Frage stellen", erklärte er Klaus-Dieter, während die beiden neben mir an der Theke stehend mit den Gläsern anstießen.

„Warum sollten wir das tun? Wir wollen die Kunst hier lieber genießen", meinte Klaus-Dieter, der am liebsten positiv dachte und dessen naive Malerei ganz bestimmt keinen Kunstbegriff in Frage stellte.

Ich gesellte mich zu ihnen, denn die Diskussion begann mich zu interessieren. Und ich sollte nicht enttäuscht werden, denn Urs holte so richtig aus: „Unsere Aufgabe ist es, das völlig verschlafene Bürgertum zum Denken anzuregen. Als Dadaist lehne ich die konventionelle Kunst ab, kann sie im besten Fall vielleicht noch als Parodie ertragen. Und wenn ich euch hier so sehe, so braucht ihr vor allem mal frischen Wind in diesem Laden."

145

Da wollte ich ihm nicht unbedingt widersprechen, denn es war für jeden ersichtlich, dass zumindest an seinem letzten Satz etwas dran war, auch wenn mir die Arbeit im Kunstverein, so wie sie war, Spaß machte.

„Wenn du dich einbringen möchtest, kannst du das gern machen", warf ich also ein. Denn meistens, wenn jemand meckerte, kam schnell nichts mehr, sobald man die Möglichkeit bot, durch Engagement etwas zu verbessern.

Doch Urs reagierte anders. „Das höre ich gerne, Heide. Und das werde ich ganz bestimmt auch machen. Ich will mal sehen, ob es mir gelingt, hier die Strukturen etwas aufzubrechen."

„Wenn du willst, kannst du am nächsten Donnerstag einen Vortrag über den Dadaismus halten. Die geplante Lesung fällt aus, weil der Referent im Krankenhaus liegt. Oder ist dir das zu kurzfristig?"

„Nein, das passt", meinte Urs, und damit hatte ich nun wahrlich nicht gerechnet. „Es wird aber wohl kein reiner Vortrag, nehme ich an."

Ich lachte. „Abgemacht", sagte ich.

* * * * *

Der folgende Donnerstag sollte vielen unserer Mitglieder in Erinnerung bleiben, denn so etwas hatten wir noch nicht erlebt. Urs hatte seinen Oberkörper in ein Rohr aus Pappmaché gequetscht und konnte sich kaum bewegen, was ihn aber nicht daran hinderte, lauthals und rhythmisch unsinnige Texte vor sich hinzubrabbeln, unterbrochen von plötzlichen Schreien. Dann stampfte er laut auf den Boden und rief immer wieder: „Auch Triviales ist Kunst, auch Triviales ist Kunst."

Ich hatte mir ein paar Tage vorher in der Stadtbibliothek ein Buch über den Züricher Dadaismus ausgeliehen, und nach der flüchtigen Lektüre wunderte es mich nicht, dass Urs bald darauf anfing, uns, also sein Publikum, als selbstzufriedene, unkritische und nicht reflektierende Vollidioten zu beschimpfen. Vermutlich hoffte er, so unser bürgerliches Denken ins Wanken zu bringen, doch wenn ich mir die ratlosen Gesichter um mich herum anschaute, wagte ich zu bezweifeln, ob das gelungen war. Ich sah, wie unsere Vorsitzende Eva, die sich aus dem Alltagsgeschäft weitgehend zurückhielt, deren Kontakte zur Politik für unseren Verein aber unverzichtbar waren, sonst hätten wir niemals für wenig Geld diese Fabrikhalle zur Verfügung gestellt bekommen, kopfschüttelnd den Raum verließ. Einige folgten ihr demonstrativ, andere Gesichter waren im besten Fall von Verwunderung, eher aber von Unverständnis und Empörung gezeichnet.

Als Urs irgendwann fertig war, klatschten mehrere Leute höflich, unter anderem auch ich. Rike sagte noch ganz begeistert, es habe ihr ehrlich gut gefallen, das sei doch mal was anderes gewesen als immer diese Beethoven-Vorträge oder Gedicht-Rezitationen, die man schon hundertmal gehört habe. Und auch wenn sie diese Meinung vermutlich ziemlich exklusiv hatte, stimmten ihr mehrere unserer Mitglieder demonstrativ zu. Wir Rheinländer sind halt ein tolerantes Völkchen.

Urs, der sich inzwischen mit Klaus-Dieters Hilfe aus seiner Papprolle befreit hatte, schlug in seiner Begeisterung vor, in Bonn einen Dada-Kongress in Anlehnung an die Dada-Messe in Berlin von 1920 zu veranstalten. Doch niemand ging so richtig darauf ein, bis mir eine Idee kam und ich sagte, das könne man doch für 2020 ins Auge fassen, sozusagen zum 100. Jubiläum der Berliner Veranstaltung. Damit war Urs zufrieden, und die anderen waren erleichtert, dass sie die nächsten Monate erst mal wieder Beethoven-Vorträge und Gedicht-Rezitationen erwarten konnten.

„Am Samstag in drei Wochen werde ich eine Performance auf dem Kirchplatz vor St. Josef veranstalten", teilte Urs uns dann noch mit.

„Oh, worum geht es?", fragte ich. Eine Aktion mitten in Beuel vor der größten Kirche des Stadtteils ließ mich gerade mit Blick auf den soeben erlebten Abend hellhörig werden.

„Ich trete als Mitglied des Kunstvereins auf. Was ich genau mache, ist eine Überraschung, aber es hat mit Religionskritik zu tun. Man muss Religion verulken, bis ihre Sinnlosigkeit sichtbar wird. Jesus war übrigens auf seine Art auch so etwas wie ein Dadaist", ergänzte er.

Mir wurde etwas unwohl und den anderen auch, das konnte ich sehen: „Sag bitte genauer, worum es geht, wenn du als Mitglied des Kunstvereins auftreten möchtest."

„Ich schicke euch vorher etwas für die Presse, dann erfahrt ihr mehr", sagte Urs nur und verschwand aus der Tür.

Ich erschrak, denn jetzt drohte die rheinische Toleranz doch etwas überstrapaziert zu werden.

* * * * *

Urs ließ sich beim besten Willen nicht von der Aktion abbringen und hatte den „General-Anzeiger", den „Express", Radio Bonn-Rhein-Sieg, die WDR-Lokalzeit und auch die Deutsche Presse-Agentur darüber informiert, dass an besagtem Sonntag eine Aktion bevorstehe, wie Beuel und vermutlich ganz Bonn sie lange nicht mehr oder noch gar nicht gesehen habe.

Ich hingegen rief die Redaktionen an und flehte sie an, nicht zu berichten, weil eine gotteslästerliche Aktion zu befürchten sei, die auf den Kunstverein zurückfiele und die der Verein womöglich nicht überleben werde. Das hätten sie noch nie erlebt, sagten mir die Journalisten, dass ein Verein zu einer Veranstaltung einlade, aber gleichzeitig versuche, eine Berichterstattung zu verhindern.

Die Reporter kamen natürlich. Mit Block und Stift, mit Mikrofon und – was am schlimmsten war – mit Kamera.

„Was passiert denn eigentlich genau?", fragte mich die freie Mitarbeiterin vom „General-Anzeiger", die schon öfter über den Beueler Kunstverein berichtet hatte. Der WDR-Mann gesellte sich zu uns, denn auf diese Frage wollte auch er eine Antwort hören.

„Ehrlich gesagt, im Detail weiß ich es auch nicht." Meine Antwort entsprach nicht ganz der Wahrheit, denn ich hatte mitbekommen, dass Urs ein riesiges Holzkreuz in den Räumen des Kunstvereins deponiert hatte. Auf unsere Bitten, von der Aktion abzusehen, hatte er nur gelacht und uns aufgefordert, uns endlich von unserem festgefahrenen Denken und den Konventionen zu lösen. Nur so könne man Kunst machen, die ihren Namen auch verdiene.

Es hatte keinen Sinn mehr, die Pressevertreter zu bitten, nicht zu berichten, denn jetzt waren sie eigens angereist und wollten bestimmt nicht ohne Bericht wieder abziehen. Ich hoffte, der Termin würde glimpflich verlaufen, doch was ich dann erlebte, überstieg meine schlimmsten Befürchtungen.

Urs kam – lediglich mit einer weißen Unterhose bekleidet und das schwere Holzkreuz auf der Schulter tragend – um die Ecke und rezitierte lautstark irgendwelche Unfug-Texte. Auf seinen Handflächen und seinem nackten Oberkörper konnte ich aufgemalte Wundmale erkennen. Die Journalisten stürzten sich auf ihn, und während ich noch überlegte, wie ich den Kunstverein aus dieser misslichen Situation befreien könnte, entstanden Fernsehbilder, Pressefotos und Tonaufnahmen. Passanten und Besucher des nahegelegenen Wochenmarktes zückten ihre Handys und filmten und fotografierten, was das Zeug hielt. Zu allem Überfluss kam auch noch der Pfarrer der Gemeinde angelaufen, just in dem Moment, als Urs sein Kreuz gerade an das Seitenschiff der Kirche lehnte und sich von einem Helfer festbinden ließ – und dabei Dada-Gedichte von Hugo Ball, Kurt Schwitters und Tristan Tsara rezitierte. Der Pfarrer ließ seiner Empörung vor den Mikrofonen freien Lauf und drohte mit rechtlichen Schritten.

Ich beschloss, ohne viel Hoffnung, den Ruf unseres Vereins noch retten zu können, den Journalisten wahrheitswidrig mitzuteilen, dass wir Urs Gerber bereits aus dem Kunstverein Beuel ausgeschlossen hätten. Als ich die Meute erreichte, bemerkte ich jedoch, dass die Kollegen von Zeitung, Funk und Fernsehen allesamt begeistert von Urs waren und den Pfarrer bedrängten, von einer Anzeige wegen Gotteslästerung nach §166 Strafgesetzbuch abzusehen.

„Jesus war der erste Dadaist", rief Urs gerade und ich konnte kaum hinschauen, weil seine Unterhose runterzurutschen drohte. Der Kameramann hielt voll drauf. Inzwischen hatte sich eine immer größere Gruppe von Neugierigen auf dem Kirchplatz versammelt. Beuel hatte so etwas wirklich noch nie gesehen, da konnte man Urs kaum widersprechen.

Sandra, eine der wenigen aus dem Kunstverein, die noch keine 40 Jahre alt war, stieß mich an und zeigte mir auf ihrem Mobiltelefon, dass die Aktion von Urs bei Facebook, Twitter und Instagram bereits hohe Wellen schlug und, wie man der großen Zahl der Likes entnehmen konnte, durchaus Zustimmung erfuhr.

Dann bestürmten die Journalisten mich. Wie es uns denn gelungen sei, Urs Gerber für diese sensationelle Performance zu gewinnen, fragte mich der Express-Kollege, während ich mitbekam, dass der WDR-Mann am Telefon mit der Redaktion von „Titel, Thesen, Temperamente" einen Beitrag vereinbarte. „So muss Kunst sein", hörte ich ihn sagen.

Ich sah noch, wie Urs versuchte, sich endgültig seiner Unterhose zu entledigen und dabei das Gedicht „Die Schwalbenhode" von Hans Arp wiedergab. Danach hörte ich, wie er lautstark gegen Muslime schimpfte. Im Kunstverein hatte er kürzlich betont, dass er selbstverständlich nichts gegen Muslime habe, dass es aber sinnvoll sein könne, sich über ihren Glauben lustig zu machen, weil das heutzutage eines der letzten Tabus sei und deshalb Aufmerksamkeit errege. Wenn ich mir die Reaktion der sich jetzt wieder um ihn versammelnden Medienvertreter ansah, hatte er wohl recht.

Ich musste jetzt irgendetwas tun. Die Journalisten sahen mich an und baten mich um ein Statement. Wieder sagte jemand aus dem Kreis mit leuchtenden Augen: „So muss Kunst sein."

Also gut. Dann eben die Kehrtwende.

„Wissen Sie", setzte ich an, „das Aufhängen von Bildern in unserer Fabrikhalle folgt einem allzu tradierten Muster und verändert nichts. Wir vom Kunstverein Beuel haben deshalb beschlossen, neben den Ausstellungen, die wir weiterhin zeigen werden, auch raus zu gehen auf die Straße, um bisher Bekanntes zu durchbrechen und Neues zu wagen."

Ich wusste nicht, ob es glaubwürdig klang, was ich sagte, ich wusste nicht einmal, ob ich es selber glauben sollte, aber die Situation war längst so, dass ich den Medien nichts anderes hätte sagen können. Und die Meute nickte zustimmend, und so wiederholte ich den Satz noch in ein paar Varianten.

Am Abend sah ich mich im Fernsehen, im WDR, bei RTL, bei SAT 1 und auch in der Kulturzeit auf 3Sat. Freunde und Bekannte riefen an und bekundeten mir dafür ihre Hochachtung. Der General-Anzeiger berichtete ausführlich auf der ersten Seite des Lokalteils und tags darauf noch einmal im Feuilleton. Zu der Ehre, dort erwähnt zu werden, waren wir bisher ganz selten gekommen.

Innerhalb weniger Tage verdoppelte sich die Mitgliederzahl unseres Kunstvereins. Auch überregional wurden wir wahrgenommen, nicht nur die FAZ, auch andere große Zeitungshäuser und das heute-journal berichteten von einem mutigen Kunstverein, der neue ästhetische Maßstäbe setze und dabei etwas riskiere. In der nächsten Ausgabe des ART-Magazins waren wir auf dem Titelbild: „Haus des Jahres – der Kunstverein Beuel" stand dort in großen Lettern. Ich traute meinen Augen nicht.

Nachdem ich das Blatt am Kiosk gekauft hatte, ging ich in unsere Fabrikhalle, um dort die Post zu sichten. Im Kasten lagen wieder 30 neue Anträge auf Mitgliedschaft aus ganz Deutschland, etwas Werbung und darüber hinaus noch ein Brief, den ich aufriss, weil mir die Handschrift auf dem Umschlag bekannt vorkam. „Hiermit kündige ich meine Mitgliedschaft im Kunstverein Beuel, die ich mit meinem Gewissen nicht mehr vereinbaren kann", las ich. „In den vergangenen Tagen hat sich dieser Verein, den ich mal geschätzt habe, leider sehr negativ entwickelt und sich in einer Art und Weise der Kommerzialisierung geöffnet, die ich nicht für möglich gehalten hätte. Kunst darf die Entstehung solcher Strukturen nicht dulden, sondern muss sie zerstören. Der Kunstverein Beuel ist dazu leider allem Anschein nach nicht in der Lage. Deshalb trete ich mit sofortiger Wirkung aus. Mit freundlichen Grüßen, Urs Gerber."

Bis die Ambulanz kommt

„Du blödes Arschloch!"

Sonja war sauer, frustriert, verbittert, deprimiert. Ihr Dominik hatte sie ganz schnell mal gegen eine Jüngere ausgetauscht. Dabei war sie erst 37. Klar, die ersten Fältchen im Gesicht waren längst da, und die Haare färbte sie auch, weil die grauen Strähnen sonst nicht mehr zu bändigen waren. Aber sonst war sie noch gut in Form, nicht schlechter jedenfalls als diese Nora, die viel molliger daher kam.

Aber Nora war eben erst 29. War das nicht das Alter, in dem auch die neuen Frauen von Joschka Fischer immer waren, wenn er mal wieder die Partnerin wechselte, was bekanntlich häufiger in seinem Leben vorgekommen war? Irgendwas mussten die Männer an 29jährigen Frauen wohl finden. Also Joschka Fischer jedenfalls und Dominik wohl auch. Als sie sich kennengelernt hatten, war sie selbst nämlich auch 29 gewesen, dachte Sonja verbittert. Knapp acht Jahre hatte sie mit dem Mistkerl verschwendet. Nur damit er jetzt, in der Midlife Crisis, von einem Tag auf den anderen mit einer Jüngeren verschwindet.

Vor einer Woche hatte er ihr zum ersten Mal von Nora erzählt. Und dann auch gleich Schluss gemacht. Jetzt stand er vor ihr und versuchte sein Handeln zu rechtfertigen. Redete irgendwas von Neuausrichtung und einem anderem Lebensentwurf. So ein Scheiß, er wollte einfach eine Jüngere ficken, das war alles.

Deshalb also Sonjas Ausruf vorhin. „Verpiss dich, ich will dich nicht mehr sehen!", legte sie noch nach.

Er drehte kopfschüttelnd ab. Es regnete. Wie bekanntlich so oft in Münster.

„Wo hast du sie eigentlich kennengelernt?", rief sie ihm noch nach.

Er blieb stehen. „Im Café", sagte er. „Wir sind ineinandergelaufen und so ins Gespräch gekommen."

„Geht das also schon länger?"

„Ein paar Wochen. Aber am Anfang war es nichts Ernstes."

„Wie, nichts Ernstes? Du warst mit mir zusammen, du Arsch." Sonja konnte nicht glauben, was sie da hörte. „Und was mischt sich die blöde Kuh eigentlich in unser Leben ein?"

„Das war nicht sie. Es ging eher von mir aus. Aber das spielt jetzt auch keine Rolle mehr, oder?"

Dominik hatte sein Fahrrad erreicht, denn wie alle Münsteraner fuhr er fast bei jedem Wetter mit dem Rad. Der Regen wurde stärker. Er zog den Reißverschluss seiner Jacke hoch, schwang sich auf den Sattel, rief ihr irgendetwas wie „Mach's gut" zu und fuhr davon.

Sein Ziel war der Markt in der Geiststraße, hatte er gesagt. Auch Sonja wollte nicht allein zu Hause zurückbleiben. Sie musste sich ablenken, außerdem könnte sie ebenfalls etwas einkaufen. Das Leben ging schließlich weiter, auch ohne diesen Idioten.

Bei dem Wetter bevorzugte sie allerdings das Auto. Sie packte ihre Tasche in den Kofferraum, und ihre Wut ließ langsam nach, als sie wenig später den Motor startete. Einen Moment lang überlegte sie, den Wochenmarkt zu meiden, um Dominik nicht zu begegnen, aber dann dachte sie, nein, von dem Heini lasse ich mir doch nicht den Alltag kaputtmachen.

Also bog sie auf die Hammer Straße ein und dann in die Geiststraße und den Sentmaringer Weg, um dort einen Parkplatz zu suchen. In Münster sind freie Parkplätze ungefähr so selten wie Eisbären in der Sahara, aber sie versuchte es in mehreren Stichstraßen. Als sie gerade die Prinz-Eugen-Straße entlangfuhr, sah sie mit Schrecken, wie etwa 50 Meter vor ihr ein Radfahrer mit dunkelblauer Jacke die Vorfahrt nicht beachtete und von einem Auto erfasst wurde. Der Radfahrer, der keinen Helm trug, wurde vom Rad geschleudert und stürzte mit dem Kopf zuerst auf den Asphalt. Eine Einkaufstasche flog durch die Luft. Scheiße, das sah nicht gut aus.

Sonja passierte die Unfallstelle und fuhr dann rechts ran, stieg aus und lief zu dem verunglückten Radfahrer, um den sich bereits mehrere Passanten versammelt hatten.

Es war Dominik. Sie hatte es irgendwie geahnt. Aus seinem Kopf rann Blut, ziemlich viel Blut sogar. Er schaute sie kurz an, dann verlor er das Bewusstsein.

„Rufen Sie einen Krankenwagen", rief ihr ein älterer Herr zu, der sich über Dominik beugte, ihn auf die Seite drehte und ihm eine Jacke unter den Kopf schob. „Los, schnell! Hier geht es um jede Sekunde!"

Sonja griff zu ihrem Handy und wählte die 112. Sie schilderte, was passiert war und beschrieb exakt den Unfallort. „Sie kommen sofort", sagte sie noch.

Dann wurde ihr schlecht, sie zitterte am ganzen Körper, und langsam kehrte sie zu ihrem Auto zurück, wo sie erst einmal tief Luft holte. Inzwischen hatte sich eine größere Menschentraube um Dominik gebildet und auch um den Autofahrer, der im strömenden Regen kopfschüttelnd neben dem zerbeulten Fahrrad stand. Ganz offensichtlich stand er unter Schock.

Sonja startete die Zündung und fuhr im Schritttempo weiter. Es gab genügend Zeugen, sie wurde hier nicht gebraucht. Auf dem Boden sah sie Dominiks Einkaufstasche. Rote Rosen lagen auf dem Boden herum und eine zerborstene Flasche ihres Lieblingssekts. Dieser Mistkerl, dachte sie.

Als sie an der nächsten Ecke angekommen war, hörte sie bereits die Sirene des Notarztwagens. Sie blieb an der Kreuzung stehen, die etwas unübersichtlich war, denn gegenüber war alles zugeparkt. Als der Krankenwagen angefahren kam, sah sie in Gedanken wieder die Rosen und den Sekt vor sich. Dominik war auf dem Weg zu Nora gewesen.

Sie ließ die Kupplung kommen und drückte den rechten Fuß ganz leicht auf das Gaspedal, so dass ihr Auto die Kreuzung blockierte. Der Krankenwagen wich ihr im letzten Moment aus und raste in ein parkendes Auto. Die darin sitzende Fahrerin wurde eingequetscht. Ein dem Krankenwagen entgegenkommender Mercedes konnte gerade noch abbremsen und versperrte die Straße.

Sonja schlug die Hände über dem Kopf zusammen, den sie auf das Lenkrad stützte.

Ein Mann in leuchtend roter Jacke, offenbar ein Sanitäter aus dem Rettungswagen, riss die Tür ihres Wagens auf. „Was machen Sie denn da?", rief er. „Sind Sie ok?"

Sonja hob den Kopf und nickte schweigend. Ein Kollege des Mannes lief zum geparkten Wagen und sprach auf die darin sitzende Frau ein. Die Tür ließ sich wohl nur mit großen Schwierigkeiten öffnen, die Frau schrie und stöhnte auf, der Sanitäter rief den Notarzt zu sich.

Sonja lächelte stumm in sich hinein. Genauso hatte sie sich das ausgemalt. Sie dachte an Dominik. Er hatte inzwischen sehr viel Blut verloren. Zu viel.

Danksagung

Auch dieses Buch hat sich nicht von allein geschrieben, und so danke ich allen, die auf vielfältige Weise geholfen haben, dass es entstehen konnte, vor allem:

Stefan Engelberg, Gudrun Gorka-Reimus, Antonia Hofmann, Irmgard Hofmann, Andrew Hood, Stefan Lux, Irene Rapp und Hans Weingartz.

Bonn, im August 2019

Harald Gesterkamp

Foto: Heinrich Buttler

Harald Gesterkamp, geb. 1962 in Münster, Studium der Volkswirtschaftslehre und Politikwissenschaft. Seit 1988 wohnhaft in Bonn. Arbeit als Journalist und Autor für mehr als 50 Medien. Seit 2002 Redakteur beim Deutschlandfunk in Köln, vorher zehn Jahre lang Leitender Redakteur beim Amnesty Journal.

Nach zahlreichen Veröffentlichungen in Sachbüchern erschien 2016 sein Roman „Humboldtstraße Zwei", eine Familiengeschichte aus den Jahren 1934 bis 2014, für die er für den Georg-Dehio-Preis vorgeschlagen war. „Rückkehr nach Schapdetten" ist seine zweite literarische Veröffentlichung.

www.harald-gesterkamp.de

Harald Gesterkamp:
Humboldtstraße Zwei
Verlag Tredition, Hamburg
468 Seiten, 19,99 Euro.
ISBN: 978-3-7345-3658-8

In seinem Roman „Humboldtstraße Zwei" schildert Harald Gesterkamp 80 Jahre deutsche Geschichte in einem Roman über drei Generationen einer Familie – mit Nazizeit in Breslau, Neuanfang im Rheinland und Spurensuche in der Gegenwart.

„Eine Geschichtsstunde von beträchtlicher Wucht, die bis in die Gegenwart reicht und ungeheuer spannend ist." (Schnüss, Bonn)

„Ein Roman, der bei aller Schicksalhaftigkeit der Figuren auch unterhaltsam ist. Geschont wird der Leser nicht." (Westfälische Nachrichten, Münster)

„Gut recherchiert und hervorragend aufgebaut. Eine nicht nur glaubhafte, sondern auch berührende Familiengeschichte." (Buchreport)

„Gesterkamp erzählt auf eine aufrichtige, emotionale und bildhafte Weise." (Siegener Zeitung)

„Gesterkamp greift Themen auf, die heute wieder verstärkt in das Bewusstsein rücken: die Leiden der vertriebenen Generation, die Traumatisierung der Nachkommen, aber auch der Umgang mit der Erinnerung." (Rheinische Post, Düsseldorf)

„Zum Glück ist Gesterkamp niemand, der tadellose Charaktere mit der Moralkeule um sich schlagen lässt." (General-Anzeiger, Bonn)